五人目の告白

小林泰三ミステリ傑作選

小林泰三

JN091346

ている
──記憶にない動物殺しや対人トラブルに苦しむ青年は、ノートを介して「敵対者」との対話を試みるが、その存在はついに殺人にまで手を染め……二重三重のどんでん返しが待ち受ける「獣の記憶」ほか、「わたしたち、誘拐されたの」と女友達が語り始めた思い出話が、予想もできない方向に着地する「攫《さら》われて」、総てを共有する一卵性双生児の片割れが恋に落ちたことで、完璧だったはずの関係が一変する「双生児」など、『アリス殺し』で人気を博した鬼才の技巧が冴える六編を収録。創元推理文庫オリジナル。

五人目の告白

小林泰三ミステリ傑作選

小林泰三

創元推理文庫

THE FIFTH CONFESSION
AND OTHER STORIES

by

Yasumi Kobayashi

2024

目次

五人目の告白

小林泰三ミステリ傑作選

獣の記憶

ある日のこと神の子たちがやって来て、ヤハウェの前に立った。そして敵対者も彼らの間にまぎれてやって来ていた。そこでヤハウェが敵対者に言われるのに「お前はどこから来たのか」。すると敵対者はヤハウェに答えて言った、「地上を歩きまわり、ふらついてきました」。

（『ヨブ記』より）

目の奥に刺すような痛みが走った。

痛みは僕を無理やり、覚醒《かくせい》の世界に導こうとする。僕はなんとか痛みをなだめて、優しい眠りの国に戻ろうとしたが、ものの数秒後にはそれは無駄なことだと悟った。痛みは無視するには強過ぎるし、気を失うには弱過ぎた。

苦痛と格闘しながら薄目をあけると、カーテンが半分ほど開けられていて、日の光が差し込んでいる。強烈な昼の日の光だ。僕の顔にまともに当たっている。痛みと感じたのは過剰な眩《まぶ》しさだったのだ。

僕は眩しさから逃れようと、カーテンに手を伸ばそうとしたが、腕は言うことを聞いてくれない。

俺はここで眠りつづけるんだ。誰の命令でもてこでも動くものか！

腕の筋肉がそう宣言しているみたいな気がした。

何度か深呼吸を繰り返してみる。全身がとてもだるい。いつものことだ。もう一度手を動かしてみる。

俺ノ手ハ機械ナンダ。ダカラ、疲レナンカ知ラナイ。命令サレレバ、ブッ壊レルマデ動キツヅケルダケダ。

腕は真っ直ぐに伸びた。だが、カーテンに触れることはできない。一瞬の緊張の後、だらりと弛緩《しかん》し、ベッドの上に落下した。少し埃《ほこり》がたった。

僕はため息とも呻《うめ》き声ともつかないものを出した。また、少し埃がたった。

全身が眠りに戻ることを主張して反抗しているかのようだ。僕の意志に従ってくれない。再び眠るためにはカーテンを閉めることが必要だというのに。

眠ることも起き上がってカーテンを閉めることもできないまま、三十分もたったころ、僕はようやくずるずるとベッドの上を這《は》って、窓際に近付くことができた。カーテンを引くと同時に部屋の中に優しい暗闇《くらやみ》が戻ってきた。強い光にかき消されていた部屋の中の様子がぼんやりと浮かび上がってくる。鼠色《ねずみいろ》の壁と濁った黄色の床とその上に散らばった屑《くず》のような品々を背景に視界の中を狂ったように迷走する緑色の残像が見えた。

僕はもう一度、呻き声をあげて、麻痺《まひ》した五感を奮い立たせようとする。

カーテンの隙間《すきま》からは僕の顔を直撃してはいないものの、黄色い光条が漏れ出して、部屋の中に不愉快な模様を投影している。光条の中には細かい埃がびっしりと充満して、苛《いら》立《だ》たしい乱舞を繰り広げている。

あの埃は光条によって生み出されたものではなく、もとからこの部屋の中にあるものだ。僕はその埃の充満する空間に包まれて呼吸をしている。

そう思うだけで、咳《せき》の発作が起きた。痰《たん》と唾《つば》が飛び散る。そして、僕の咳の生み出す気流と体の動きによって、埃が舞い上がる。僕はさらに激しく、体をぴくぴくと折り曲げながら咳を続ける。肺が萎《しぼ》みきり、新しい酸素を求めて広がろうとする。吸気が気管支に触れた途端、またもや咳が起きる。吸う反射と吐く反射が同時に起きたからだろうか。喉《のど》の奥深くから甲高い笛のような音が漏れ、胸の奥に鈍い痛みが残った。

ちかちかと光を持たない星が視野の中に無数に現れる。僕は咳を誘発しないようにゆっくりと浅く呼吸をする。

ぜいぜいという自分の呼吸音に埋もれて、いろいろな音が聞こえてくる。

窓のすぐ側《そば》の線路からはひっきりなしに電車が通る音がする。不思議なもので、最初は夜も眠れないほど気になった爆音も今ではそれほどには感じなくなった。耳が遠くなったわけではない。日常生活には支障は出ていない。僕の心が心理的なマスクをかけて、意識の中から電車の音を締め出しているのだ。雑踏《ざっとう》の中でも自分の名前だけは聞き取れるという例の効果と逆の現象だ。確かマスキング効果とかいったような気がする。

朝夕なら、この安アパートに出入りする人々の賑《にぎ》やかな物音が聞こえただろうが、今は昼間なので、人の動きはあまりないようだ。時折、通りを歩く人の足音が聞こえるだけだ。

急がずに、ゆったりと歩いている。どこの誰かは知らないが、僕はその足音の主を羨《うらや》ましいと思った。少なくとも、ゆったり歩けるだけの心のゆとりがあるのだから。

口を開けて寝ていたせいか、口の中がからからに乾いている。口を塞《ふさ》ぎ、舌で口の中を撫《な》で回してみる。砂のようなざらつきを感じる。僕は目をつぶり、なんども舌を転がす。やがて、唾が分泌され、多少の湿り気を帯びてくる。ねっとりと溶けかけたオブラートの感覚だ。

血の味がした。

血の味といっても、血は塩辛《しおから》さと微妙な酸味を持つだけで、別に特殊な味を持っているわけではない。血の味だと感じさせるものは実は血のにおいなのだ。呼吸のたびに喉から鼻に血のにおいが運ばれている。

鼻血でも出したのかと思い、僕は指で強く鼻孔《びこう》を擦《こす》った。少し鼻汁がついただけで、血は見当たらなかった。もっとも、目がしょぼしょぼしてはっきりとは見えないだけだという可能性もあったが。

僕は体のどこからも出血していないかどうか確認した。

寝間着代わりに着ているジャージは半年も洗濯していないため、茶色い大きな染みがついており、ところどころ青黒い斑点《はんてん》ができているが、血の跡はなかった。ベッドの上ではいつの頃からか毛布とシーツが渾然一体《こんぜんいったい》となってとぐろを巻いていたが、それにも血らしきものはない。

これで安心して、もう一寝入りしてもいいはずだが、なぜか僕の胸騒ぎはおさまらなかった。

僕は念のため、掌《てのひら》に唾を吐きかけた。指先でその粘度の高い液体を捏《こ》ねてみる。やはり異常はない。そして、そのにおいを嗅《か》いで、やっと気が付いた。僕の唾液は酷《ひど》いにおいを発していたが、血のそれではなかったのだ。

血のにおいは僕の口から漂っているのではなく、この部屋の中に広がっているのだ。

僕は手で顔を覆った。とにかく落ち着かなければいけない。目が覚めた時、部屋の中の様子は一応見ているが、はっきりと開かない目で一瞥《いちべつ》しただけなので、異変に気付かなかったということは充分にあり得る。何を発見しても動転しないように気を落ち着かせよう。それまで、部屋の中を詳しく見るのは御法度《ごはっと》だ。その間に昨夜のことを思い出すんだ。

昨日はこの部屋の中でベッドに入ったことまで覚えている。つまり、昨夜の最後も今日の最初もこの僕だったということだ。あいつに嫌《いや》がらせをする機会はなかったはずだ。

本当に？　あいつは僕が眠ってから、おもむろに起き上がって、何か悪さをしてその後、何ごともなかったようにベッドに入ったのかもしれない。

可能だろうか？

原理的には可能だろう。しかし、今までそんなことは一度もなかった。

いやいや。今まで一度もなかったからといって、これからも起きないとは限らない。それどころか、今まで一度もそんなことがなかったということすら怪しい。あいつがそんなことをしていたとしても、あいつに知らせる気がなければ、僕には知る術《すべ》すらないのだ。

しかし、ここでうじうじと悩んでいても埒《らち》が明かない。僕は思いきって、顔から手を離し、半身を起こして部屋の中を見た。

床に直置きしているテレビが無音のままワイドショーを映していた。テレビを点《つ》けっ放しにしているのにはわけがある。部屋の照明は蛍光灯が切れてからは裸電球にしているのだが、明るさの調整ができないため、夜は真っ暗になってしまう。僕は暗闇の中にいると、すぐ側にあいつの気配をはっきりと感じてしまうので、いつも眠る時はテレビのブラウン管を照明代わりにしているのだ。慌《あわ》ただしく、司会者の顔が赤になったり緑になったりしているのは番組の演出ではなく、受像機の問題だ。最近は青色がまったく出なくなってしまった。表現できる色はおおざっぱに言えば、赤と黄と緑だけだ。もしそれで画像が安定していれば、セピア色に見えなくもなかっただろうが、これほど激しく色が変わっていてはそんな風情《ふぜい》は感じなかった。過敏なものが見たら、痙攣《けいれん》の発作さえ起こしかねない。

画面の下半分は隠されていて見えない。テレビは食べ終わったカップラーメンや下着や靴下に半分埋まっている。僕は足で、テレビの前のがらくたを押し退《の》けた。次の瞬間、くずの山ががらがらと崩れ、結局テレビは埋まってしまう。自然はエネルギー最小の状態を好む。実に当然なことだ。

僕はテレビの近くから徐々に螺旋《らせん》状に部屋をチェックした。インスタント食品の容器と脱ぎっ放しの衣類と雑誌からなる荒野——特に異常は見当たらない。

部屋の隅にある背の低い冷蔵庫のドアは開きっ放しになっている。冷蔵庫とはいっても、結局インスタント食品をいれるだけで、しかも中身を詰め込み過ぎて閉じることもできなくなっている。小さな製氷室があるだけで、冷凍室がないので、冷凍食品の保存もできない。

僕はベッドから降りて、立ち上がった。足の下でばりばりと発泡スチロールの砕ける音がし、残っていた汁が床に流れ出すのを感じた。冷蔵庫の上に置いてあるべこべこに波打った大学ノートを手に取る。「通信用ノート」と表紙に手書きで書かれている。

あいつが何かしたのなら、ノートに書いてあるかもしれない。読んでみようか？　僕は迷った。

さんざん躊躇《ちゅうちょ》したあげく、僕はノートを冷蔵庫の上に戻した。あいつは意味のあることを書くこともあるが、まったく意味不明なことを書くことも多い。くだらないことをえんえんと書き連ねることがあるかと思うと、重要なことに全く触れないこともある。あいつの書き込みは全くあてにならない。それに、あいつの書き込みがあった場合、僕はほぼ百パーセント、気が滅入ってしまう。あいつはやりきれない文章を書かせたら、日本一だ。

こんな不安定な精神状態で読むのは危険かもしれない。

ああ、だが情けないことに、このノートが僕とあいつの間の唯一のコミュニケーション手段なのだ。

もっとも、ひょっとしたら、あいつはこんなものを使わなくても、僕の心を探れるのではないかと疑いを持つこともある。しかし、少なくとも、今まであいつから僕への連絡はこのノート以外の方法で行われたことはない。

僕はカーテンの裾《すそ》を持ち上げ、外を覗《のぞ》いた。世界は黄色い光に包まれ、夥《おびただ》しい埃を生み出している。のろのろと疎《まば》らに通りを進む人々は、砂ぼこりに塗《まみ》れ、病気の二十日鼠《はつかねずみ》のように見えた。

どうして、あんなやつらを羨ましがったりしたんだろう？

一陣の風が吹いた。埃の竜巻が起こる。埃は窓ガラスを貫通して、僕の喉と目を直撃する。喉の奥から不快な塊《かたまり》が吹き出てくる。僕は吐き気と咳を同時に催し、ごみの中に突っ伏し悶《もだ》え苦しむ。激しく咳き込む僕の目の前にぼんやりと脱ぎ捨てたパンツが浮かんでいる。

僕は歯をくいしばって立ち上がろうとするが、足に力が入らず、膝《ひざ》をついてしまう。僕は四つん這《ば》いのまま、流しに向かう。手探りで流しの中に転がっているコップを拾い上げ、水道の蛇口をひねる。僕はそのまま、無我夢中でコップの水をがぶ飲みする。ごぼりと音をたてて、大きな痰がコップの中に吐き出される。僕の肺はやっと落ち着いてくれる。

生臭い。

見ると、掌から赤っぽい液体が筋になって流れ、手首からジャージの中に流れ込んでいる。黒い染みが徐々に広がり、肩までひやりとした感触が伸びてくる。コップの底に僅《わず》かに残った水にもうっすらと赤い色がついており、短い毛のようなものが無数に伸びている。

僕の中に恐怖と激怒が同時に生まれた。目からは涙が溢《あふ》れ出す。

どうして、僕がこんな目にあわなきゃならないんだ⁉　どうして⁉　どうして⁉　どうして⁉　どうして⁉　どうして⁉　どうして⁉　どうして⁉

僕は流しの縁に手をかけ、自分の全身を持ち上げた。持ち上げながらも、僕の口からはどうしようもなく、嗚咽《おえつ》が漏れ出している。そして、流しの中を見たとき、僕の嗚咽は絶叫に変わった。

流しの中では嘴《くちばし》がとれた鳩が半分水に浸《つ》かっていた。


「普通、多重人格障害の場合、すべての人格が固有の名前を持つことが多いのですが、彼はもう一人の自分――つまり、第二の人格を『敵対者』もしくは単に『あいつ』と呼んでいました。しかも、人格は普段の彼と『敵対者』の二つだけで、それ以上人格が現れる兆《きざ》しもありませんでした。これらの点はやや特殊な症例のようではありましたが、多重人格自体が特殊な病気でしたから、もう少し観察を続けてから結論を出すつもりでいました。実際、わが国では多重人格障害の存在を認めず、乖離性《かいりせい》ヒステリーと診断する医師が多数を占めています。つまり、多重人格というのは多重人格の存在を信じる医師によって作られた医源病だと主張されているのです。医師によって精神障害が誘発されることがあることはよく知られています。例えば、催眠療法で宇宙人に誘拐《ゆうかい》されたという偽の記憶が作られていたことなどは比較的有名な事例です。

というわけで、迂闊《うかつ》な治療はかえって病状を悪化させることにもなりかねませんので、薬物治療などは行わず、もっぱらカウンセリングだけを——それも、極力誘導を避ける形で行っていたのです」

僕は泣きながら蛇口を開いて水を流しっ放しにした。勢いよく排水口に流れ込む水の中で細い血の筋が煙のように渦を巻いた。

何とかしなければと、鳩を摑《つか》み上げる。だらだらと血が垂れる。手から力が抜けて、鳩は再び流しの中にぽちゃんと飛沫《しぶき》をあげて落ちた。手は真っ赤だった。

あいつはどうしてこんな酷い嫌がらせをするんだろうか？　僕が動物好きなことを知っ

ていて、わざとやっているんだろうか？　しかし、僕が動物好きなことをあいつはどうやって知ったんだろう？　やっぱり、あいつには僕の考えが筒抜《つつぬ》けなんだろうか？　僕は首をふった。そんなことは考えないに限る。あいつに僕のすべてが知られているとしたら、とても生きてはいられない。あいつとは間接的にしか会ったことはないが、プライベートを共有できるようなやつでないことは確かだ。

鳩を見つめたまま、僕はしばらく放心状態だったが、そのうちノートを見ることを思い付いた。あいつは何かメッセージを残しているかもしれない。

僕はノートを捲《めく》り、書き込みがなされている最後のページを探した。

驚いたか‼　俺《おれ》はこんなこともできるんだぞ！　おまえが寝ている間も俺は自由に動き回れるんだ！　知らなかっただろう。こわいぞ。こわいぞ。おまえが寝ている間、おれは外をうろついているんだ。そして、夜道を歩いている女どもを片っ端から強姦《ごうかん》してるんだぞ。そのうち、警察が来るぞ！　警察がおまえを逮捕するんだ。死刑だ。死刑だ。おまえは死刑になるんだ。俺がおまえを死刑にしてやる。痛いぞ。痛いぞ。痛いぞ。痛いのは嫌いですか？　恨み辛《つら》みがあるのです。それは心の三充塡《じゅうてん》に問題。充塡、ついには隙間爆裂可能性！　角度差。三百六十度。流出時に電解質が作業の驚異。自律神経刺激不規則現象観測せよ！　青銅の針を真ん中に通すことにより、末梢《まっしょう》神経拡張形態変異的。なぜか？　季節が四分の一未満なら、元素固定範囲内決定‼　地球上不安感自転周期高度人工衛星危険！　印象強烈眼鏡。最終的対数螺旋拡張性。質実剛健痙攣性致死遺伝子複眼化排卵！　おまえは恐怖の促進物になり変われ！　復讐《ふくしゅう》。復讐。……

怖がってはいけない。ここで怖がってはあいつの思うつぼだ、とわかってはいても、全身が震え出すのを止めることはできない。

そのページにはびっしりとそんなことが書き綴られていた。文字の大きさもばらばらで、行の繋《つな》がり具合も異常だった。行の途中で、いきなり半行だけずれて、そのずれて空いた空間に別の文章が書かれていたりした。書かれてある内容を理解することは不可能なことだった。

ノートにどんなに空きページがあろうとも、あいつはいつも一ページずつしか使わない。しかも、細かい文字で隅から隅まで字で埋め尽くしている。念のため、他のページにも書き込みがないか、調べてみたが、やはり今回もこの一ページだけだった。かなり強い筆圧で書いているらしく、途中で鉛筆が折れた跡がいくつもある。以前はボールペンを使っていたのだが、あいつは筆圧が強過ぎてすぐに先を潰《つぶ》してしまうので、最近はもっぱら鉛筆を使っているようだ。

おそらく、ここに書いてあることは本当ではないのだろう。僕を怯《おび》えさせる目的で書いているだけだ。しかし、この異常な文章はいったいどういうことだろうか？　まるで、精神分裂病の患者が書いたような文章だ。あいつは精神分裂病に罹《かか》っているんだろうか？

確かに、そう考えれば、あいつの異常な行動のいくつかは説明できるかもしれない。あいつがいままでやったこと——僕の知り合いの家に僕の名前を使って悪戯《いたずら》電話をしたり、アルバイト先で暴れ回ったり、部屋の中を汚物塗れにしたり、今日みたいに動物の死骸《しがい》を放置したり——は、悪意からやったことではなく、病気のせいだとしたら、あいつを許せる気になるかもしれない。自分の一部が邪悪な存在だと考えるよりは病んだ存在だと考える方がずっと気が楽だ。

だが、そうだとすると、あいつは多重人格障害である上、精神分裂病を併発していることになる。そんなことはあり得るんだろうか？　それにあいつが精神分裂病だとしたら、僕も精神分裂病でなければ、つじつまが合わないのではないだろうか？　多重人格の中の一つの人格だけが精神病になることなぞあるんだろうか？　ひょっとすると、僕はすでに精神分裂病なんだろうか？

僕は自分の心の動きを内省してみる。

精神分裂病の兆候は感じられない。もっとも、精神分裂病は自己診断不可能なのかもしれないが。まあ、少なくとも、それとわかる幻覚や幻聴もない。日常からかけはなれた妄想ももってはいない。電波に話しかけられたりもしない。……自分の中に別人格の存在があると考えているのは異常と言えるかもしれないが、これは多重人格障害に起因するものであって、精神分裂病によるものではない。

本当に？

精神病についてはまだまだほとんどわかっていないと言っても過言ではない。精神分裂病と多重人格障害は実は非常に近いのかもしれない。

僕はため息をついた。

考え過ぎるのはよくない。自分の精神状態についてくよくよしだすのはよい兆候とは言えない。ここは楽観的に考えるべきだ。あいつは精神分裂病なんかではない。ただ、そのふりをしているだけだ。僕にそう思わせたいだけだ。

なぜ？

僕を怯えさせるためだ。あいつは僕を苛《いじ》めて楽しんでいるんだ。あいつは自分のことを何をするかわからない人間だと思わせようとしているんだ。あるいは、僕に精神分裂病のことを考えさせて、精神的に追い込もうとしているのかもしれない。

どうすれば、あいつにこんなことをやめさせることができるだろうか？　あいつに僕がそんなことを信じていないということを教えてやれば、ひょっとするとやめてくれるかもしれない。

僕はノートを広げ、あいつが書き込みをした次のページに書き始めた。

いっぱい書き込みをしてくれてご苦労さん。しかも、わざわざ自分が精神病であるかのように装って書くのは大変だっただろう。もちろん、君は精神病だ。と言うよりは僕たちは精神病だ、と言うべきか。いずれにしても、精神分裂病のふりをするのは全くの無駄だから、やめておいた方がいいだろう。僕は自分の精神状態は完全に把握できているし、実は君の精神状態もある程度は把握できるんだ。君にも僕にも精神分裂病の兆候はない。問題があるとしたら、君の極端な性格的な偏《かたよ》りだろう。君は僕を精神的に苛めることで加虐的快感を得ようとしている。しかも、君は僕がすなわち君だということも理解している。つまり、被虐的でもあるわけで、君は二重に倒錯していることになる。そのような性癖は相手も納得している限りにおいてのみ許される。僕はサドでもマゾでもない。こんな遊びに付き合わされるのはまっぴらだ。今日限り、こんな悪ふざけはやめてもらいたい。

自分でも説得力がある文章だとはとても思えなかった。もう少し書き込もうかとも思ったが、書けば書くほど、自分の怯えを必死に隠そうとしているのを見透かされそうな気もする。ぼろが出ない程度にしておくのが賢明だろう。

僕があいつの精神状態をある程度認識できると書いたのは全くの嘘《うそ》だ。僕はあいつの精神なんかこれっぽちも感じない。事実、あいつがおおっぴらに僕に対して敵意をむき出しにしてこなかったら、今でも自分が多重人格だということには気が付かなかったに違いない。

もちろん、自分の記憶にある程度空白があるのは以前から知っていたが、これは誰にでもあることだと考えていた。誰だって、その日一日朝からの記憶をずっと連続して持っているはずがないと信じていた。だから、前の日の昼飯に何を食べたかとか、ここ一週間のワイドショーの見出しだとかを思い出せないことは正常な範囲だと思っていた。ところが、その記憶の中の空白はあいつによって不法占拠されていたのだ。いったいどれぐらい前からのことなのかはわからないが、あいつはずっと僕の人生につきまとっていたんだ。

思い返せば、妙なことはいっぱいあった。自分でもどうして、そんなことをしたのかわからないことをやってしまっている時があった。

絶対遅刻をしてはいけない日に限って、いつの間にか、目覚まし時計が切られていた。いつの間にか、大切な彼女を怒らせるような言動をとっていたこともあった。一番大きなことは受験勉強を妨害されたことだ。普通なら、絶対マスターしておくべき分野に全く手を付けていなかった。後でスケジュール表を確かめると、ちゃんとその部分の学習は終わっていることになっていた。僕の知らない間に僕の時間が盗まれていたのだ。そして、二時間あったはずの試験時間は主観的には二十分ほどしかなかった。あとの時間はあいつが無駄に費やしていたんだ。当時、僕はすべてを自分の性格や運のせいにしていた。

しかし、あいつが表立って僕に攻撃を仕掛けてくるようになって状況が変わった。今までのように僕に気付かれないようにして、こそこそ僕の妨害をするのに飽きてしまったのか、自分の存在を知らせた方がより効果的に僕を苦しめられると考えたのか、理由はよくわからない。ただ、はっきりしているのはあいつは僕に対して、全く好意的ではないということ、そして僕にとってあいつの攻撃を避けるのはとてつもなく困難だということだ。

これは一つのゲームに例えることができるかもしれない。ただし、厄介なことに僕にはゲームの勝ち方がわからないだけではなく、ゲームのルールに関する知識すらないことだった。

僕たちがやっているのは将棋やチェスのような相互に一手ずつ自分の戦略を公開していくゲームなのか、それとも麻雀《マージャン》やポーカーのように最後の瞬間まで自分の戦略を隠して行うそれなのか？

いや。最悪の場合、あいつは自分の配役を隠し、僕だけが手の内をすべて公開しているゲームをしている可能性もある。しかも、そのことを確認する手立てすらないときている。今こうしている時もあいつはずっと僕の意識の流れをモニターしているのかもしれない。あいつに僕の一挙一動が筒抜けになっているとしたら、僕に勝ち目はまったくないことになる。僕があいつを封じるための素晴らしいアイデアを思い付いたとしても、その瞬間それはあいつの知るところとなってしまう。逆にあいつは僕に全く関知されずに、悪巧みをし、悪事を実行することができる。

ただ、僕にもほんの僅か希望はある。あいつの意識が覚醒している時、僕の意識が眠っている。それと、同じく僕の意識が起きている時はあいつの意識は眠っているという可能性だ。根拠はある。もし、あいつが僕の意識を覗くことができるなら、そのことを臭《にお》わすだけではなく、はっきりと明確な証拠を見せるはずだ。その方が効果的に僕を追い込むことができる。もし、僕があいつの意識を覗くことができたなら、きっとそうしてやる。あいつしか知らないはずのあいつが心の奥底で考えていることを公開してやるんだ。そうできたら、どんなにか幸せだろう。いつか、そんな日が来ることをずっと祈っている。可能性がないとは言い切れまい。この病気のことはほとんどわかっていないのだから、どんな病状の変化があるのか予測できない。

逆にやはりあいつはすべてを握っているのではないかという不安も常に存在する。あいつは常に覚醒していて、僕を冷ややかに観察しているのではないか。それどころか、あいつは自分の出番と僕の出番を自由に決定する権限さえあるのではないか。

多重人格を扱ったドラマやドキュメンタリーなどでは、どの人格が登場するかについて、それぞれの人格にある程度決定できるかのように述べられていることが多い。

「今、出ているのは、ベスかな？　それとも、メアリー？」

「僕はトムだよ」

「やあ、トム、久しぶりだね。頼みがあるんだが、聞いてくれるかな？」

「ああ。僕にできることならね」

「ジェインを呼び出して欲しいんだ」

「どうかな？　彼女は凶暴だから、関わり合いになりたくないよ。どっちにしても、僕には彼女の説得なんかできないけどね」

「誰なら彼女を説得できる？」

「そうだね。ナンシーならできると思うよ。彼女は全員のまとめ役だからね」

ところが、僕にはこんな経験は全くない。自分が出ていく時もひっ込んでいく時も全然意識していない。ちょうど、眠りにつく瞬間を意識できないのと同じように、あるいは夢の始まりを意識できないのと同じように人格の変わり目を認識することはできないのだ。突然、見知らぬところで、覚えのない動作をしている自分を発見したという記憶もない。もちろん、人格の変換は頻繁《ひんぱん》に起こっているはずなのだが、潜在意識を共有しているためか、行動や記憶の連続性は保たれているようだ。

あるいは誰の視野の中にも必ず存在している盲点を誰も認識できないのと同じ効果が働いているのかもしれない。脳の中の記憶システムが不連続な記憶の切断面どうしを滑らかに自然に繋ぐ偽の記憶で補完してくれているのかもしれない。

とにかく、僕に人格変換の決定権がないのは明らかだ。だとすれば、残る可能性は大きく三つある。

一つは、自覚の変換はランダムに起こり、誰にも制御できないというもの。

二つ目は、まだ知られていない三番目の（あるいはn番目の）人格が存在していて、彼（彼女）が人格変換を制御しているというもの。

そして、最後にして最悪の可能性はあいつが人格変換の決定権を持っているというものだ。

これは悪夢だと言ってもいい。あいつは常に存在していて、僕はあいつが望んだ時だけ、存在することが許される。

俳優たちはいろいろな役をこなす。Aという俳優がBという役を演ずる場合でも、Aは自分がAだということを忘れてしまうわけではない。また、観客も彼がAだということを知っている。しかし、AはBを演じている間は心の何パーセントかをBの人格にあけわたしていると考えることはできないだろうか？　そして、観客の心の何パーセントかはAのことをBであると信じているのではないか？　つまり、ドラマとは役者と観客が協力してバーチャルな人格を作り上げる作業なのではないだろうか？

さて、ここで問題だ。AはBを演じている間も自分がAであることを心のどこかで認識しているはずだ。そうでなければ、台本に沿った演技をすることも、演技を終了することもできなくなってしまう。それではBはどうだろう？　自分がAによって演じられているバーチャル人格であることに気がついているだろうか？

僕が暇潰《ひまつぶ》しのためにあいつによって演じられているバーチャル人格でないという証拠はあるだろうか？

ノックの音がした。


「彼は非常に論理的な考えができる一方、検証しようのない考えに拘《こだわ》ってしまうことがありました。この二つが結びついた結果、考えは結論に辿《たど》り着くことよりも、むしろ堂々巡りをしてしまうことが多かったのです。自分でもそのことには気が付いていたようですが、このような思考のループを回避する手段はなかなか見つからなかったようでした。過分に自己分析的であるゆえに、かえって治療には困難が伴いました」


僕は用心深く、ドアを少しだけ開け、隙間から外を見た。

「こんにちは」三十歳前後のおとなしそうな男だ。「受信料の徴収に伺いました」

「ああ。それなら、銀行振り込みにしてるんだけど」僕はおどおどと言った。

「いえ。そうじゃなくてですね。衛星放送を見られている場合は料金が変わるんですが、おたくには地上波の分の料金しかお支払いいただいてないので、ちゃんと正規の料金をお支払いいただこうと、そのことをご説明に……」

「え、衛星放送は見てないよ」僕は答えた。

「そうですか?」集金人は話を続けた。「でも、仮令《たとえ》御覧になっていらっしゃらなかったとしてもですね、衛星放送を受信できる設備をお持ちの場合はちゃんと受信料をお支払いいただくことになっております」

「い、いや。設備はないんだ。そ、その、アンテナもチューナーも」寝起きのせいかうまく舌が回らない。

「アンテナはいりませんよ。このアパートはこの規模には珍しく衛星放送アンテナも共同になってますからね。チューナーさえあればすぐに見られますよ。どうですか? この際、購入されますか?」

「い、いや。こ、今度にしておくよ。その、つまり、金がないんだ」本当のことだった。

「そうですか? 衛星放送用チューナーがない」集金人は繰り返した。「まあ、別に疑ってるわけじゃないんですがね」集金人はドアの隙間から、家の中を窺《うかが》うような素振りを見せた。

「わかったよ‼　それほど言うなら、ちゃんと確認してくれよ‼」僕の中に突然、激しい怒りが込み上げてきた。

僕はいつも正直に生きてきているのに、どうして疑われなきゃならないんだ！　どうして僕だけみんなに嘘《うそ》つき扱いされ、その上、悪質な性格の別人格に翻弄《ほんろう》されるような目に遭《あ》う必要があるんだ⁉　前世でよっぽど悪いことをしたとでもいうんだろうか？

でも、僕とあいつの前世って共通なんだろうか？　もしそうだとしたら、僕だけが苦しんで、あいつがのほほんとしているのは不公平じゃないか！　僕はこれっぽっちも疚《やま》しいことはしていないのに！

僕は集金人の腕を摑むと、部屋の中に引き摺《ず》り込んだ。

「あわわわわ」集金人は突然、腕を引っ張られて、慌《あわ》てふためいている。「危ないじゃないですか。やめてくださいよ」

「チューナーがないことを確認してもらうだけだよ」

「わかりました。わかりました。あなたはチューナーをお持ちでない。ちゃんと納得いたしました」集金人は情けない声を出した。「おわっ！　なんだ、この部屋は‼」

部屋の中には主にインスタント食品の発泡スチロール容器と古雑誌からなるごみが隙間なく積み上げられていた。集金人が驚くのも無理はない。

だが、僕は構わず、集金人の腕を引き続けた。「いいや。納得していない。あんたはこの場から逃れたいばかりにいいかげんなことを言っているだけだ。ああ、それから部屋に上がる前に靴を脱いでくれよ」

「ち、ちょっと待ってください。ドアのすぐ内側まで、ごみが溢れかえってますよ。いったい、ど、どこで靴を脱げばいいんですか？」いつの間にか、集金人の方がおどおどし始めている。

「今、立っているところでいい。それから、スリッパはそこにある」僕は玄関の横で、ごみの下敷きになった平べったい緑のものを指差した。

集金人は一度はそれを手にとったが、「ひゃっ！」と叫んで、手から落とした。「なんですか、このぬるぬるした黴《かび》のようなものは？」

「ぬるぬるした黴だろ」僕は集金人を急《せ》かした。「スリッパが嫌なら、素足のまま、こっちに来てくれ」

「ひゃっ！」集金人がまた叫んだ。「今、踏んづけたカップの中にまだ汁が残ってましたよ」

「よし、ここでいい」僕は集金人の言葉を無視した。「ちょうど部屋のど真ん中だ。台所もちゃんと見えるだろ。ちょっと、待ってくれ。今、押し入れとトイレを開けて見せるから……どうだ。僕の部屋はこれで全部丸見えだ。猫の子一匹隠す場所もない。どこかにチューナーがあるか？」

「ええと」集金人はテレビに近付いた。「リモコンはどこですか?」

「ないよ。とっくの昔になくしてしまった。この中のどこかに埋まってるとは思うんだが……」

「なら、結構です」集金人はおざなりにテレビのスイッチを入れた。

見慣れた清涼飲料水のコマーシャルがブラウン管に映る。

「ふむ。このテレビはチューナー内蔵型ではないようですな」どうやら、ちゃんと調べてくれるつもりになったらしい。「ええと、一応台所も……ひゃあ!!」

ああ、そう言えば、流しに鳩がいたんだっけ。

「ああ、あの、あの、鳥ですか? 鶏ですか? 料理ですか? ああ、そうですね。変わった料理の方法ですね」集金人の声はうわずり、視線はふらふらと部屋の中を泳いでいたが、ふと冷蔵庫の上のノートに目が止まった。ちょうど、あいつがサイコ風の書き込みをしているページが開いている。集金人は目を見開いた。

はて。僕は思い悩んだ。きっと、この男はパニックに陥《おちい》りかかっているに違いない。ちゃんとした説明をして安心させる必要があるのではないだろうか?

ちょっと、びっくりしたんだろ。当然さ。部屋の中はごみだらけだし、流しには嘴をもぎ取られて血まみれになった鳩がいるし、ノートにはおかしい書き込みがしてある。でも、全然不安になる必要なんかはないのさ。全部ちゃんと理由があることなんだ。多重人格って知ってるだろ。「二十四人のビリー・ミリガン」とかさ。「ジキルとハイド」とか。つまり、そういうことなんだよ。僕の中には僕以外の人格がいてね。そいつはちょっと凶暴なところがあって、時々動物を虐殺したり、ノートに馬鹿なことを書き連ねたりするんだ。もっとも、部屋の中がごみだらけなのはあいつのせいだけとは言えないけどね。

そう言えば、安心してくれるだろうか? 安心するよりは、より不安になって警戒する可能性の方が高いような気がする。まあ、ある意味、それで正解なんだろうが。

ピッピッピッポーン。

正午の時報だ。正午の時報?

「わわわっ。正午の時報だ‼」僕は大声で叫んだ。

「しまった。すっかり忘れていた」僕は舌打ちをした。「悪いけど、この続きはまた今度にしよう。今日は大急ぎで出かけなくてはならない」

「そんな。いくらなんでも勝手過ぎますよ」集金人は泣きそうな声を出した。

僕は集金人を無視して、ごみの山の中からなんとか着ていける程度の服を探し、その場で着替えた。ぐずぐずしている時間はなかった。すでに約束の時間は過ぎている。駅まで全速力で走れば三分ぐらいだろう。十二時五分の電車には間に合う。少々、電車の音が煩《うるさ》くても駅の近くに住んでいる甲斐《かい》があったというものだ。もっとも、今から急ぐことに意味があればの話だが。

僕は財布とノートを引っ掴むと部屋から飛び出した。集金人も慌てて、部屋から出る。僕は即座に鍵《かぎ》をかけて、階段に向けて走りだした。

「あの、今度っていつでしょう？　また来なきゃならないんでしょうか？」

集金人の心の叫びを背中に聞きながら、階段を駆け下りた。

ホームに駆け上がった時、電車はすでにドアを閉め始めていた。僕はドアの隙間目掛けてヘッドスライディングを強行した。

「第二の人格に固有名詞がついていない理由を彼に尋ねたことがあります。彼は不思議そうな顔をして逆に尋ねてきました。なぜ、それぞれの人格に名前が必要なのか、と。

『わたしや、あなたに名前があるのと同じよ。〔敵対者〕にも名前が必要だとは思わないの？』わたしは答えました。

『僕と先生は別々の体を持っています。だから、名前も別々なのは当然です。でも、あいつと僕は同じ体を共有しているんです。名前は一つで充分です』

『名前は肉体についているのではないわ。それぞれの心——つまり、人格につけられているとは考えられないかしら？』

『先生、これは何でしょう？』彼は自分が座っている椅子《いす》を指差しました。

『椅子よ』

『〔椅子〕というのはこの物体の人格に付けられた名前ですか？』

『これはうまくひっ掛けられたわね』わたしは苦笑しました。『確かに〔椅子〕という名前は物体としての椅子を指し示すわ。でも、それは普通名詞だからよ。わたしは固有名詞について話しているのよ』

『富士山に人格はありますか？　東京タワーには？　ジェーン台風には？　ハレー彗星《すいせい》に人格はあるのですか？』

『ある、と言ったら、どうするつもり？』

『別に。根拠は何かと尋ねるだけです。ところで、本当に今言ったものに人格があると考えているのですか？』

『いいえ』

『人格というのは脳内に蓄積された学習や条件反射や条件付けなどのソフトウェアが統一的に活動する時に見掛け上、仮定されるものです。僕の場合、それらのソフトウェアの統一性に障害があらわれているわけです。ところで、人間の名前はそれらの脳内で互いに連動して働くソフトウェアのグループごとに付けられているのではないのです。その証拠にまだ人格が形成される前の段階である嬰児《えいじ》にも名前を付けているではないですか。同じ物体に別々の固有名詞を付けることは無意味で、不効率なことです』」

電車のドアは僕のウエストの辺りをかなりの勢いで挟《はさ》んだ。

「ぐえっ！」僕は、小学生に後ろ足を摑まれて内臓を吐き出すまで強くコンクリートに叩《たた》き付けられた蛙の様な声を出した。

車内はそれほど込んでいるわけではなかったが、座席はほぼいっぱいで、立っている人間もちらほらいる。何人かは驚いたようにこっちを見ていたが、ほとんどの客は気が付いていないのか、気が付かない振りをしているようだった。

僕の下半身はまだホームにあって、つま先立ちをしている。上半身は車両の中にぴんと張り出している。われながら異様な状況だ。

ドアはしばらくそのままの状態で停止していた。すぐ開くものとばかり思っていたが、その気配がないので、少し焦ってきた。とにかく、深呼吸をして落ち着こうとしたが、脇《わき》腹《ばら》を強く押さえ付けられているので、息が吸えないことに気が付いた。僕は取り乱しそうになったが、こんな時に無闇《むやみ》に暴れては血液中の酸素を無駄に消費してしまう。横隔膜《おうかくまく》を小刻みに動かし、短く浅い息を繰り返す。なんとか、うまくいきそうだ。上半身を真っ直ぐに保つのにも疲れてきたので床に向けてだらりと垂れ下がる格好にした。

ドアが開いた。

僕は列車の床にキスをしていた。

誰かが、僕の足首を摑んでホームに引きずり出そうとしている。そんなことをされては堪《たま》らない。僕は足をばたつかせ、同時に匍匐《ほふく》前進をし、列車の中に転がり込んだ。空気の漏れる音がした。ドアが閉まったのだろう。電車の運転音とゆっくりとした加速を感じた。僕は顔を上げた。全員がいっせいに顔をそらす。僕は無言で立ち上がると、もともとたいして綺麗《きれい》でもなかった服とズボンの埃を払い、咳払《せきばら》いをした後、入り口の近くの手摺《てす》りにもたれ、じっと俯《うつむ》いた。

「彼と『敵対者』とのコミュニケーションは一冊のノートを通じてのみ、行われていました。彼には『敵対者』の人格が彼の体と意識を支配している間の記憶はまったくないそうです。『敵対者』についてはよくわかりません。ただ、時々ノートに書いた文章の中で、彼の記憶にアクセスすることが可能であることを匂《にお》わせたり、実際に彼の行動を事細かく書いてみたりすることはあったのですが、どうも決め手にならないような気がしました。『敵対者』が自分から書く時はほぼ間違いなく、事実にあっているのですが、彼の方から『敵対者』に、例えば昨日の何時頃は何があったかと尋ねると、時には正解する時もあったのですが、的はずれなことを言ったり、回答することを避けるような反応も多く見られたからです。おそらく、『敵対者』が彼の記憶を持っているとしてもかなり限定されたものだと推測されました」

その日は、アルバイトの採用のための面接があったのだ。職場は駅前のコンビニエンスストアで、面接もそこで十一時半から行われる予定だった。

いままで、何度もアルバイトを始めてはいたが、何日もしないうちに、あいつが妨害を始めるため、長続きはしない。それでも、僕はなんとか次の仕事を見付け、今まで食い繋いできた。ところが、近ごろでは近所では僕の悪い噂《うわさ》が広まっているため、めっきり採用してもらえることが少なくなってしまっている。ようやくのことで、かなり離れた場所で見付けたアルバイト先だったのに……。目的の駅に着くまでの乗車時間は約四十五分。どんなに急いでも、コンビニエンスストアに辿《たど》り着くのは一時前になってしまう。あいつの妨害を待つまでもなく、まずい状況になってしまった。

いや。すでに、あいつの妨害は始まっているのかもしれない。鳩は僕の精神状態を攪乱《かくらん》させて、今日の約束を思い出させないようにするための工作だったんじゃないだろうか？

ふつふつと怒りが込み上げてきた。僕はノートを広げ、不安定な姿勢のまま、車内で書き込み始めた。

おまえの企《たくら》みはすべてわかってるんだ！　あの鳩は僕の頭に血を上らせて、今日の面接のことをすっかり忘れさせるためだったんだろ。おあいにくさま。僕はちゃんと覚えていたさ。時間通りに、電車に乗れたよ。

とにかく、もうこんなことはやめてくれ。僕の就職を妨害したって、おまえにはなんの得もないじゃないか。結局のところ、おまえだって僕の収入で食ってるんだから。それとも、おまえはおまえでどこかで働くつもりなのか？　それだったら大歓迎だ。好きにしてくれ。

おまえがどうしてここまで執拗《しつよう》に僕を攻撃するのか、理由が全くわからない。僕とおまえが同一人物だということがわからないわけではないだろう。たとえ、完治しなくったって、互いに相手を尊重した生活を続ければ、問題は起こらないはずだ。

いったい、おまえはなぜ存在し始めたんだ？　一説によると、多重人格障害は幼児期の虐待によって、発症するという。僕自身は眉唾《まゆつば》ものだと思っているんだが、虐待から逃れるため、それを体験する別の人格を作り出すのだそうだ。まったく、おかしな話だ。虐待を背負いたくないなら、その記憶だけ消去すればいい。そんな都合よく記憶が消せるわけがないというなら、別の人格を作り出すことの方がもっと困難に思える。あるいは、虐待の間だけ、人格を消してしまってもいいはずだ。虐待を体験するためにわざわざ人格を作る必要がどこにあるというんだろう。それに新しく作られた人格もまた虐待されて嬉《うれ》しいわけはないから、次々と新しい人格が生み出されることにはならないだろうか？　結局、その人間の精神は細かい断片の集まりになってしまう。それぞれの人格が人間としての特性を保持し得るとはとても思えない。

だいいち、僕には虐待された記憶なんか全くない。もっとも、その記憶は全部おまえが持っているという考えも成り立つが、だからと言ってそのことを恨みに思って僕に嫌がらせをするのは筋が通らない。攻撃は誰だか知らないが、僕たちを虐待した人物に向けるべきだからだ。

いいか！　今度、こんな真似をしたら、ただでは置かないぞ‼　僕にだっておまえを苦しませることはできるんだ。なんのために精神科に通っていると思ってるんだ⁉　薬を使えば簡単におまえを消すことができるんだ。おまえなんか、消えてしまえばいいんだ‼　消えろ！　消えろ！　消えろ！　消えろ！　消えろ！　消えろ！　消えろ！　消えろ！　消えろ！　消えろ！　消えろ！　消えろ！　消えろ！　消えろ！　消えろ！　死ねしねしねしねしねしねしねしねしねしねしねしねしねしねしねしねしねしねしねしね

しねしねしね悪霊退散悪霊退散悪霊退散臭い臭い臭い臭い悪霊退散悪霊退散悪霊退散臭い臭い臭い臭い臭屍羸黐魘魑魎魍魃魄彘靡尿螝霓殂皿〜〜

はっと気が付くと、僕は読み取ることもできない文字をうねうねとノートに書き連ねていた。全身汗びっしょりになっている。口の中が乾いてからからだ。近くの座席に座っていた中年女性が怯えたような目で僕を見ている。

様子がおかしかったんだろうか？　何かわけのわからないことを呟《つぶや》いてでもいたんだろうか？

僕の手からノートが滑り落ちた。乗客の視線が一瞬、床の上のノートに集まる。僕は慌ててノートを拾い上げた。視線は集まった時と同じく、瞬時にして方々に散っていった。なんてことだ。僕までもがこんな文章を書いてしまった。やはり、僕もあいつと同じ病気にかかっているんだろうか？　それとも、今ここで、一瞬だけ、あいつが出てきたんだろうか？　いや、そんなはずはない。僕の記憶にとぎれはなかった。きっと、あいつのメッセージに影響されて、ほんの少し精神に変調が出たんだ。たいしたことはない。休養をとればすぐに回復するはずだ。

電車はホームに入ろうとしていた。時刻は十二時五十分。少なくとも電車の遅れはなかったようだ。

僕はドアが開くと同時にホームに飛び出し、改札に向けてダッシュした。自動改札を避け、改札係に切符を投げつけるようにして駆け抜け、コンビニに突っ込んだ。

「いらっしゃいませ！」レジにいた五十がらみの男が明るく声をかけてきた。

「あ、あの……」

僕が喋《しゃべ》りかけた時、店内にいた若い女性客がレジの前に立った。男は一瞬ちらりと僕を見た。僕は素早く後ずさった。このような状況ではそうするのが、最善のような気がしたからだ。

面接に遅れた言い訳のために客を待たせたりしたら、火に油を注ぐことになるかもしれない。それに、この男のにこやかな様子を見ている限り、それほど気難しいようには思えない。案外、怒ってなどいないのかもしれないじゃないか。

女性客への応対が済む前に、次の客が後ろに並んだ。その客を待っている間にさらに次の客がやってきて、僕の後ろに並ぼうとした。店内を見ると、五、六人いる客がほぼいっせいにこちらにやってくる。

ここにいると、客の列に混乱が生じる。そう判断して僕はレジから離れた。

雑誌を見たり、食料品を見るふりをしながら、ちらちらとレジを窺って、客がいなくなるのを待っている間に、面接に来たと言い出しにくくなってしまった。しかたがないので、カップラーメンを持ってレジに向かう。

「はい。いらっしゃい！」男は明るく声をかけ、ほほ笑んだ。「ええと。そのノートは持って入られた分ですね」

どうやら大丈夫のようだ。

「あっ、はい、そうなんです。もう使ってあるノートです」一呼吸置く。「あの……店長さんですか？」

「えっ。一応、わたしがここの店長ということになってますが、何か？」男はカップラーメンを赤いレーザ光にかざした。

ピッという電子音が店内に響く。

「ええと。バイトのことなんですが……」僕は口ごもった。

「バイト？　ああ。先週まで貼《は》ってたバイト募集の貼り紙のことですか？　うーん。どうしようかな？」

「えっ？」

「いや。あれはもう決まったんですよ。というより決まってたんですが」店長は困ったような顔をした。「どうも。怪しくなってましてね。先方から連絡がないんですよ。それで、まあ、はっきりしたらこちらから連絡を差し上げますから、電話番号か何か教えといて貰《もら》えますか？」

「ええとですね」僕は勇気を奮い起こした。「僕がそれなんです」

「ああ。そうですか。……ええと、なんですって？」

「僕は今日面接する予定になっている者なんです」

カップラーメンを袋に入れようとしていた店長の手が止まった。途端に表情が険しく変化していく。あまりに見事な変化ぶりだったので、特撮映画を見ているみたいだなと思った。

「俺、何時って、言ってたかな？」店長の声はたっぷり一オクターブは低くなった。

「この間、お電話した時には、十一時半とおっしゃってました」

「よかった。心配になってたんだ。俺が間違った時間を教えたんじゃないかってな。なにしろ、午前のバイトは十二時には帰っちまうし、夕方になるまで次のバイトはこない。その間は俺一人でこの店を見なけりゃいけない。十一時半までに来てもらわないと、面接なんてとうてい無理なんだよ。わかるな」店長はカップラーメンが入った袋をぽいっと、横に投げた。

「はい。わかります」

「遅れたのには、何かちゃんとした理由があるのか？」

「受信料の集金人が……」

いや。これは言い訳にならない。集金人が一時間も粘ることはあり得ない。では、本当の事を言おうか？　朝起きたら、流しで鳩が死んでいたんですよ。そして、このノートを見せる。実は僕、多重人格なんです。この別の人格がいつも、僕の邪魔をしようとしているんです。今日、ここに来るのが遅れる理由になった鳩もそいつがやったことなんですよ。だから、僕は何にも悪くはないんです。

「なんだよ。はっきり言ってみろよ」店長は睨《にら》む。

僕は無言で俯いた。言い訳はできない。本当のことを言えば逆効果になってしまう。

「すみません。二度と遅刻はしません」僕は頭を下げた。「だから、採用してください。ここで雇って貰えないと、今月の家賃も払えないんです」

「泣き落としかい？　あいにくだが、俺にはそんな手は使えない。うちだって、苦しいんだ。かつかつでやってるんだ。本当なら、これ以上バイトを雇う余裕はないんだ。だけど、二十四時間コンビニにするために、しかたなく雇うことにしたんだ。ここでバイトをしたいってやつは大勢いる。みんなそれなりに事情があるんだろう。その中で面接に遅れてくるようなやつをわざわざ選んでどんな得がある？」

「これからは心を入れ替えます！」僕は土下座した。「給料も一割……いや、二割引で結構です。それで、普通の倍、働きます。どうか僕を雇ってください」

返事はなかった。

僕は土下座を続けた。

客が入ってきた。僕からできるだけ離れるようにして、店の奥に向かったのが気配でわかった。

また、ドアが開いた。今度の客は僕を一目見て、入らずに去っていった。

ちっ、という店長の舌打ちが聞こえた。

さっき入った客が品物を持ってレジに向かう。

店長は客の応対をしている。僕には一言も声をかけてこない。

僕は土下座を続ける。

涙が一粒床に落ちた。

どこかから、一時の時報が聞こえた。

「カウンセリングは毎週火曜日の午後一時半から行っていました。時間は四十五分間です。もちろん、事件当日も予約されていましたが、彼は三十分近く、遅れてやってきました。コンビニエンスストアのアルバイトの面接にいってたそうです。面接は十一時半からの予定でしたが、『敵対者』の妨害で一時間半近くも遅刻してしまったということでした。カウンセリングの予約のことは一時の時報を聞いたことで思い出したそうで、結局アルバイトは諦《あきら》めてすぐタクシーで病院まで来たということです。気の毒なことにタクシー代で彼の全財産が消えてしまったそうですが」

「どうして、コンビニのアルバイトを諦めたの？」女は微妙な笑いを口元に浮かべながら尋ねた。

「病院に遅刻しそうになったからです。今日、行けなかったら、また一週間も待たなければなりませんからね」僕は唇を嘗《な》めた。「コンビニの前で拾ったタクシーはこの病院のことを知らないって言うんで、ずいぶん焦りましたよ。結局、ここの向かいの喫茶店のことを知ってたんで、なんとか来れたんです。……ところで、今日は遅れた分、延長してもらえるんでしょうか？」

「それは駄目よ。例外は認められないわ」女の真っ白な肌の上で朱《あか》い唇がまるで別の生き物のように蠢《うごめ》く。「次の患者さんのカウンセリングまでの空き時間を使っても、あとせいぜい二十分てとこかしら」

「わかりました」僕はすんなり諦めた。この女に強く主張することはどうしてもできないような気がしたからだ。

「それで、さっきの続きだけど、アルバイトより病院を選んだ理由は何？」女の顔や体の輪郭は背後の白い壁に紛《まぎ》れてはっきりしない。黒い髪と瞳《ひとみ》と朱い唇だけが宙に浮かんでいる。膝の上には僕のノートが広げられているはずだが、組んだ白い足が妙にちらちらしてよく見えない。

「病院というよりも、先生を選んだんです」僕は少し笑った。「時報を聞いた途端、僕はあいつの本当の企みに気が付いたんです」

「鳩を流しに置いたことの？」

「そうです」僕は頷《うなず》いた。「最初、あいつの目的はバイトの面接に遅刻させることだと思っていました。でも、実際は違ってたんです。コンビニの店長にずっと謝り続けていれば、そのうち許して採用してくれたはずです。ただし、今日のカウンセリングは諦めなければならないことになります。あいつはそれを見越していたんですよ」

「ふうん。そういうことね」朱い斑点が宙を飛び、女の髪の毛に埋まる。髪はゆっくりと波をうつ。女が朱いマニキュアを塗った爪で髪をとかしたのだ。「でも、逆のパターンもあり得るんじゃないかしら？　ここに来るためにはバイトを諦めなければならなかったんでしょ。そして、あなたは現にそうした。これが『敵対者』の本当の目的だったということにはならないかしら？　つまり、あなたがここに来ることを見越してすべてを計画したということに」

「僕もそれを考えました。しかし、あいつには僕の就職を邪魔する理由がない」

「あなたを苦しめること自体があいつの目的だと前にあなたは言ってなかったかしら？」

マニキュアが女の頰《ほお》の辺りをなぞる。

「それはそうですが、バイトとカウンセリングを比較してみれば、あいつの目的はカウンセリングを邪魔することにあったのは間違いありません。バイトを邪魔することであいつが得るものは嫌がらせをしたことによるささやかな満足感だけです。しかも、僕の収入の道を閉ざせば、あいつだって干乾《ひぼ》しになってしまう。それに引き換え、病院に行けなくなれば、あいつにとって最大の恐怖である『消滅』から、逃れることができる」

「『消滅』ですって？　何が消滅すると言うの？」女の瞳が大きくなった。睫《まつげ》が上に持ち上がる。

「あいつですよ。先生はそのために僕を治療しているんでしょ」

「あなたを治療しようとしているのは確かよ。でも、『敵対者』の消滅が唯一の解決策ではないわ。そんな思い込みは持って欲しくないわ。あなたにも――『敵対者』にも」

「そうですか」僕はため息をついた。「僕はてっきり、先生があいつを退治してくれるものだとばかり思い込んでいました」

「理想的には人格を統合することが望ましいとされているわ」女は瞬《まばた》きをした。目の輪郭はうっすらと朱いので白目と肌の境目がわかる。

「あいつと統合されるのなんかまっぴらですよ」僕は強く抗議した。「そんなはめに陥るぐらいだったら、一生このままの方がましですよ」

「確かに、あなたの言う通りだとしたら、『敵対者』はかなり偏りのある性格のようね。

ただ、だからと言って、一つの人格を抹殺してしまうというのはうまくないわ。『敵対者』がそのような性格の人格として誕生したのには何か原因があるはずだわ。その原因を摑まないまま、彼を抑圧しても、また別の症状が現れるかもしれない」

「つまり、僕自身があいつのような性格破綻者《はたんしゃ》になると？」

「そんなことは言ってないわ。いずれにしても、今この状態ですぐに統合させることはないから安心してちょうだい。あなたの場合、単純な多重人格障害とは思えないの。それに、『敵対者』の心理状態についても、もっと分析が必要だわ。少なくとも、現在まで犯罪行為には至ってないところをみると、あなたが言うほど凶悪ではない可能性もあるしね。なにしろ、あなたと『敵対者』の間のコミュニケーションは唯一、このノート……」女がはっと息を飲むのがわかった。「このノートを最後に書いたのはあなただと言ったわね」

「そのはずです。確かに最後のあたりはほとんど記憶はしていないのですが、僕が書いたものだと思います」

女は少し震えているようにも見えた。最後の部分は自分でもまともな文章ではないのはわかっていたが、震えるほどのことはないだろうに。

「あなた恋人はいる？」心なしか女の息が荒くなったような気がする。頬がうっすらと桃色を帯びているし、僕の顔にかかる吐息に微《かす》かに湿り気の匂いを感じる。

「いえ。そんなものあいつがいる限り……」僕の心にひっ掛かるものがあった。

「どうしたの？　何か心当たりがあるのね」

「いや。たいしたことじゃないんですが、そう言えば昨日の夜遅く、女性が訪ねてきました」

「知り合い？」

「違います。知らない女性でした。誰かと尋ねると、僕の名前を出して会いにきたといいました」

「その女性はあなたのことを知っているようだった？」

「うーん。そう言われると、知っているような素振りをしていたような気もしますが、よくわかりません」

「それでどういうわけであなたに会いたいと言ったの？」

「一晩、僕の恋人を務めてくれるとかいうことでした。おおかた、あいつが悪ふざけをして、その手の女を呼んだんだと思って、部屋の中には入れずに追い返しました。それから、夜中に何度かノックがありましたが、無視しました。今から思うとあれも、ここに来させないためのあいつの陰謀に違いありません」

「すぐに家に帰って」女はがたがたと震えていた。

「わかっています。もう時間ですからね」

「そうじゃないの。家に帰ったら、しばらく一歩も外に出ないようにして、それから部屋のドアに貼り紙をしておきなさい。『昨夜、ここにこられた方へ。すぐにここから離れてください。そして、二度とこの辺りに近付かないでください。身の回りに不審なできごとがあったら躊躇せず、警察に連絡してください』ってね。ああ、それから、ここの連絡先も書いておくのよ。まだ、間に合えばいいんだけど」

「いったい、どうしたって言うんですか？」僕は女のうろたえぶりに面食らってしまった。こんなことは初めてだ。

「この最後のページを見てちょうだい。あなたの最後の書き込みの次のページよ」女はそのページを開き、僕の方へ突き出した。

そこには鉛筆書きで、胸の悪くなるような絵が描かれていた。これほど不気味な絵が鉛筆だけで描かれたことが信じられなかった。

ノートの見開きいっぱいに裸の女の絵が描かれていた。全身、切り傷だらけで、大量に出血している。目と口は開かれたままだ。その顔は昨晩の女性に見えなくもない。そして、その絵と重なるように大きな乱暴な文字が書かれていた。

おまえの恋人

「従来から多重人格障害として知られている多くの症例と比べて、今回の場合はかなりの相違点がありました。まず、当初から多重人格としての自覚症状を患者の方から、訴えているということ。たいていの場合、患者は最初は別の病気と考えられているのが普通です。次に、第二の人格が精神科医の前に全く現れないという点です。複数の人格が確認できてこそ、多重人格と呼べるわけですから、この場合本当に多重人格であると断定するのには問題があります。

では、多重人格障害でないとすると、他にどんな可能性があるかというと、妄想——この場合は多重人格妄想と呼ぶことができるかもしれません——であるということが考えられます。ただ、例えば、『憑依《ひょうい》』と『憑依妄想』ならば、その違いは明らかなのですが、『多重人格であること』と、『自分が多重人格であるという妄想を持っていること』の区別は容易ではありません。

彼の言うことを信じるなら、自分でそれと意識せずに、ノートに『敵対者』として書き込みを行うことがあるわけですから、その時には『敵対者』の人格が現に存在しているとしか考えられないのです」

どうやら、あいつはあいつ独自の論理で動いているらしい。見せしめのためなのか、それとも復讐のつもりなのかは知らないが、あいつは僕の恋人を殺すことに決めたんだ。しかし、僕には恋人なんかいやしない。普通なら――殺人を計画する時点ですでに普通ではないが――そこで目標を変えるはずだ。しかし、あいつは目標を変えずに「僕に恋人がいない」という現実の方を変えようとした。あいつは僕と肉体関係を持った女性はすべて僕の恋人と見做《みな》すことにしたらしい。実際には彼女とは何もなかったが、それは重要なことじゃない。重要なのは、あいつがあの女性に僕の一晩の恋人になるよう依頼をしたということと、それが実行されたとあいつが考えているであろうことだ。とにかく、部屋に戻ったら、すぐノートに書かなくてはならない。あの女性は僕と関係を持っていないし、もちろん恋人ではないことをあいつに納得させるのだ。

僕は二階にある僕の部屋へと階段を駆け上ろうとした。

「ちょっと待ってください！」嗄《しゃが》れた声が響いた。

ふり返ると、鼠色の服を着た小男が立っていた。アパートの大家だ。

「あっ、これはどうも」僕は反射的に頭を下げた。ここ半年も家賃を滞納している手前、ぞんざいな態度はとれない。

「どうもじゃないですよ」大家は苦々しげに言った。「いったい、どういうつもりなんですか？」

「あの、今日はちょっと持ち合わせがないんですが、来週にはきっと……」

「家賃のことを言ってるんじゃないですよ。いや。家賃もちゃんと払ってもらいます。払ってもらいますが、その前に共同住宅に住む人間として最低限のマナーは守ってもらいたいもんですな！」大家の語気はだんだんと荒くなる。

僕はまたしても嫌な胸騒ぎがした。

「はあ。何かありましたか？」

「女を連れ込んだでしょ。昼間からぎゃあぎゃあと女の躁《さわ》ぐ声がアパート中に響き渡ってましたよ。それから、水漏れにも気をつけてくださいよ。下の部屋から、トマトジュースだか、キムチ鍋《なべ》のスープだかが漏れてきてるって苦情があったんですよ」

「すみませんでした」僕はとにかく謝っておくことにした。「まだ、漏ってますか？」

「漏れ始めたのは一時頃だったらしいから、さすがにもう止まってるんじゃないかな？とにかく、今度こんなことがあったら、出ていってもらいますよ。それから、下の部屋にちゃんと謝りにいって、もし汚れたものがあったら、弁償しといてくださいよ」

「あ、あの、僕が弁償するんですか⁉」

「あたりまえじゃないですか‼」大家はそういうと、さっさと帰ってしまった。

気が重くなった。あいつが何かしたに決まっている。下の部屋に漏れている赤い液体はおそらく、血だろうと思った。きっと、犬か猫を屠《ほふ》ったに違いない。

僕はとぼとぼと階段を上り部屋のドアの鍵をはずし、開いた。

つんとした生臭い空気が塊になって僕の全身を包み込む。部屋の中は真っ暗でしばし何も見えない。カーテンはしまっているようだ。

目が慣れてきて、最初に見えたのはインスタント食品の隙間から見える茶色い液体だった。床のかなり広範囲に広がっている。

屈《かが》んで臭いを嗅いでみる。明らかに血だ。だいたいトマトジュースと間違う方がおかしい。天井から滴り落ちる液体があったら、最初に血液を疑うのが常識だろうに。確かに、天井から滴る血を目撃することは一生に一度あるかないかの状況だろうが、それを言えば、下の階まで漏れるほど大量のトマトジュースを零《こぼ》すことの方が確率的には低いのではないだろうか。

おそらく、大家や一階の住人は潜在意識では血だということに気が付いていたに違いない。しかし、自分の部屋に血の雨が降ったり、自分の持つアパートの一室で大量の出血騒ぎが起きたりするのは、好ましいことではない。だから、彼らの潜在意識はこれが血であるという考えを起こさないようにしたのだ。人はみな自分にとって望ましくないことは認めようとしないものだ。

できるなら、僕もこれを血でなく、トマトジュースであると信じてみたかった。

僕は半開きのままになっていたドアを大きく開け放った。明るい外の光が陰鬱《いんうつ》な室内に差し込む。茶色の液体が一瞬で目を見張るような鮮烈な真紅に変わる。床に溜《た》まっている液体は流れてはいなかった。すでに出血は止まっているのだろう。血は徐々に床に吸い込まれて、一部は下の部屋に滴り、一部はこの部屋の床と下の部屋の天井の間のどこかの隙間で乾いて、堅くこびりつくのだ。このアパートが取り壊されるその日まで。

僕は犠牲獣を見ようと視線を部屋の奥に滑らした。

それは思っていたよりも大きかった。僕は何度も目を擦った。

ノートを見たのは随分前なのに、なぜあの不快な絵の残像が見えるのだろう?

もちろん、それは残像なんかじゃなかった。

灰色の裸体はピンクのそれよりも、妙に現実感があって、エロチックだった。斑《まだら》に赤く染まっている。頭だけ起こした形になっているのは冷蔵庫に立て掛けてあるからだった。緑の冷蔵庫をバックにして、灰色と赤はさらに映えていた。大の字になっている彼女の顔と両乳房と股間《こかん》に発泡スチロールの丼《どんぶり》が被《かぶ》せてある。こんな状況でなければ、笑ってしまいそうになるぐらい滑稽《こっけい》な処置だった。股《また》から流れ出しているのは排泄物《はいせつぶつ》なのか血液なのか。確かめる気にもなれなかった。

僕は部屋の中をゆっくりと前進した。被害者の顔を確かめようと思ったのだ。なるべく死体には近付きたくないので、かなり離れたところから、体を精一杯曲げて顔の上の丼に手を伸ばす。もう少しのところで空振りをし、勢い余った指先が宙を切り、胸の丼に当たり、はね飛ばす。自重で饅頭《まんじゅう》のように潰れてはいるが、生きていた時にはおそらく美しい形状だったと思われる乳房が露出した。乳首まで灰色だ。

僕は躊躇した後、もう一歩だけ踏み出した。ばりばりと発泡スチロールが砕け、爪先《つまさき》に粘る液体を感じる。

僕の指が丼を弾《はじ》く、それと同時にバランスを崩し、僕は彼女の腹に手をついてしまった。想像以上の弾力とぬらりとした感触を覚えた。

髪の毛が顔全体にひび割れのように広がっていた。白目を剝《む》いている。歯の間からは赤黒い舌と何か黄色い吐瀉物《としゃぶつ》がはみ出している。

「ひいいいいいいい！」僕は後ずさった。悲鳴を止めようとするが、自分の意志ではどうしようもない。

血に足をとられ、僕は尻餅《しりもち》をつき、さらに上半身も後ろに倒れてしまった。何かが爆発したような轟音《ごうおん》が響き渡る。強く頭を打ったのか、頭の芯《しん》が震え出す。

「はあああああああ‼」さらに大きな悲鳴が出る。僕は慌てて、口を手で押さえる。鉄の味がする。服とズボンにゆっくりと冷たい液体が染み渡っていく。僕はごみと血の海を泳ぐようにかき分けた。

「興味深い点と言えば、『敵対者』がノートに書き込む内容です。たいていの場合、錯乱したかのように意味のとれない文章や不気味な絵がかかれているのですが、時には意味の通ることがかかれていることもあります。と言っても、患者を中傷する言葉や脅かしなど、とても正常なものとは言えないものばかりですが。

それに対し、彼の方からの書き込みは殆《ほとん》どが筋道だったもので、なんとか『敵対者』を説得しようという意志が読み取れるものばかりでした。それが、最近では彼の書き込みにまで、激昂《げっこう》したような調子や不必要に挑戦的な文章が目立ってきていました。時には、書いている途中で記憶があいまいになるといった自覚症状も現れていたようです。

これは『敵対者』の意識が徐々に彼の意識内へと侵入を開始した兆候だともとれましたが、それよりもわたしは彼の人格そのものが『敵対者』の存在に影響を受け、変質しはじめたという可能性を恐れていました」

「すみません。こんな時間におしかけたりして。でも、先生のところに行くことしか思い付かなかったんです」僕は嗚咽しながら言った。

「別に気にしなくてもいいのよ。今日はたまたま他の患者さんはいなかったから」女は優しくほほ笑んだ。「ところで怪我《けが》は大丈夫?」

「怪我はしていません。これは僕の血じゃないんです。ただ、頭を強く打ったので、なんだか妙な感じです」

「どこか痛む？」女は立上がり、赤い爪の真っ白な手で、僕の頭を探った。彼女は灰色じゃない。

「うっ！」僕は呻いた。

「たぶん、大丈夫よ。単なる打ち身だと思うわ。心配なら、レントゲンをとってもいいけど」白衣を通して、女の鼓動を感じる。

「僕はどうしたら、いいんでしょ？　警察は僕を探しているんでしょうか？」

「逃げる時、部屋のドアは閉めた？」

「よく覚えてないんです。気が動転していたもので」

「少なくとも、まだテレビでは報道されていないわ。新聞の方はたとえ載るとしても明日の朝刊に間に合うかどうかでしょうね」女の黒い睫がゆらゆらと靡《なび》く。「ただ、報道されていなくても、安心はできないわ。警察に何か考えがあって、発表を控えているのかもしれない。ところで、あなた昼にここに来た時のタクシーの領収書は持ってる？」

「えっ、はい。持ってます。レシートですけど。実家が商売してたもんで、つい習慣になってしまって……。今では確定申告する必要もないんですけど」

「いい習慣ね。そのレシートは大事に持っておいた方がいいわ」

「呑気《のんき》なことを言ってる場合じゃないんです」僕は泣き言を言った。「僕は殺人を犯してしまったんです」

「あなたじゃなくて、『敵対者』がやったのよ。それだって、確実な根拠があるわけじゃない……」

「間違いないですよ。ノートに描いてあった絵にほとんどそのままの格好で死んでいました」

「興味深いわね。『敵対者』は絵を描いてから、殺人を犯したのかしら？　それとも、殺してから、スケッチをしたのかしら？　前者だとしたら、かなり偏執的な行動だわね。死体を自分のイメージ通りにする作業は考えただけでも、おぞましそうだし。後者だとしたら、殺人の後、すぐ逃げもせず、ゆっくり絵を描いてたことになるから、ずいぶんと胆《きも》が据《すわ》った行動だわ。それとも後で記憶を頼りに描いたのかしら？」

「どっちにしても、一緒じゃないですか」

「一緒じゃないわ。もっとも、今はその違いに決定的な意味は見いだせないけど」女は椅子に座り、白く美しい足を組んだ。「ところで、『敵対者』からはその後、連絡は？　それとも、あなたの方からは何か言ってやった？」

「何も言ってきてませんし、僕からも何も連絡していません」

「妙ね」女は形のいい眉をひそめた。「『敵対者』なら、こんな時、勝ち誇って何かあなたを滅入《めい》らせるようなことを書いてきそうなものなのに……。あなたの方から挑発してみたら、どうかしら？」

「あいつは書かないのではなくて、書けないいんだと思います。それに僕も書けない」

「どうして？」

「ノートをなくしてしまったんです。たぶん、僕の部屋の中に忘れてきたんです」

「それは困ったわね。まぁ、現場があなたの部屋だというだけで、あなたへの容疑は充分なんだから、ノートがあったからといってさらにあなたへの容疑が深まるわけではないけど。……でも、連絡できなくなったのは不便だわ。他のもので試してはどうかしら？ メモ帳なら、ここにもいくつかあるけど」

「やめておきます」

「どうして？ あのノートでないとだめな訳があるの？」

「いえ。そういう訳じゃないんですけど、今はあいつのくそ忌ま忌ましい文章を見たくないんです。それに、あいつとの接触はあのノートの外に広げたくないんです。うまく言えないんですけど、いったんあのノート以外の場所でコミュニケーションが成立したら、歯止めが効かなくなるような気がするんです。のべつ幕無しにあいつとの接触が始まるんじゃないかと不安なんです」

「そんなことには絶対ならないわ」女は白くほほ笑んだ。「でも、気乗りがしないのなら、無理には勧めない」

「有罪になる可能性はあるんでしょうか？　まさか、死刑になったりはしませんよね」

女はしばらくじっとわたしの顔を見つめた後、ゆっくりと話し始めた。「わたしは法律の専門家じゃないわ。ただ、犯行を行ったものが心神喪失状態だったと認められた場合は無罪になると考えてもいいわ」

「でも、その場合、病院に強制入院させられることになるんでしょ」

「責任能力がないと考えられるほどの精神疾患がある場合、当然そういうことになるでしょうね」

「だったら、刑務所と一緒じゃないですか！　僕はゴッサムシティの怪人たちのように扱われるんだ！」

「大丈夫よ。あなたは決して有罪にはならないし、アーカム保護施設に収容されることもないわ」

「いい加減な気休めは言わないでください！」僕は少し興奮して、怒鳴ってしまった。

「いい加減なことは言ってないわ。わたしは確信してるのよ。あなたが捕まることはあり得ないわ」女は真剣な眼差《まなざ》しになった。「いいこと、これからは慎重に行動しなければならないわ。何があろうとわたしの言う通りに行動すると約束してくれる？」

僕は黙って頷いた。

「よかった。わたしはこれから電話をしなくちゃいけないけど、終わるまでここでしばらく座って待っていてちょうだい」

僕は半信半疑だった。有罪にもならずに、強制入院もない。そんなことがあり得るんだろうか？　そうだ。彼女は精神科医じゃないか。ひょっとしたら、何かコネがあるのかもしれない。裁判に伴う精神鑑定で医者が僕が心神喪失状態であったと考えられると証言してくれれば、僕はきっと無罪になる。その後、強制入院させられるだろうが、そこで数カ月後に完治すればどうだろう？　僕は退院となる。晴れて無罪放免だ。彼女が言ったのはそのことだったんだ。きっと、鑑定医と措置入院指定病院に連絡をとってくれようとしてるんだ。

「もしもし、警察ですか？」女の少し鼻にかかった声が響く。「今日の昼間の殺人事件についてなんですけど、担当の方、お願いできますでしょうか？……そうです。アパートの事件です」

僕は愕然《がくぜん》となった。口は開きっ放しになり、涎《よだれ》が垂れ流しになった。

「ええ。その部屋の住人はここにいます。今から、そちらに出頭してもらおうと考えています」

「うわあああああああ‼」僕は叫びながら、女に飛び掛かった。

なんということだ。僕は騙《だま》されてしまったんだ。警察に売られようとしているんだ。

「待って！　わたしの言うことを聞いてちょうだい！」女は叫んだ。

僕は女の髪の毛を摑み、頭を机に叩き付けた。女の手から、受話器が離れ、電話機はふっとんで、床の上を滑った。

「違うの。誤解なのよ。あなたは助かるわ！」

いい加減なことを！

僕は女を蹴《け》り上げ、床に押し倒した。女は受け身をする余裕もなく、そのまま頭を酷く机の角にぶつけたようだった。鈍く嫌な音がした。机の脚は赤く染まった。

女は動かなくなった。僕は激しい恐怖に衝《つ》き動かされ、女を残したまま夕闇《ゆうやみ》迫る街に飛び出した。


「わたしは自分の考えに自信がありました。彼は故意に嘘を言っている様子はありませんでしたし、記憶に不確かさもないようでしたから。

ただ、突然襲われた時は、やはりわたしの考えは間違っていたのか、と思ってしまいました。ついにわたしの目の前で『敵対者』へと人格の交替が起きたのか、あるいは彼自身の人格が邪悪なものへと変貌《へんぼう》したのかもしれないと恐怖を覚えたのです」

僕は本当の殺人者になってしまったんだろうか？　少なくとも、もう言い逃れはできない。僕はあいつに体を奪われてはいなかったし、自分で何をしているのかもはっきりわかっていた。僕は断じて心神喪失状態などではなかった。僕は有罪だ。

いや、待てよ。女は本当に死んだんだろうか？　人間がそんなに簡単に死んだりするものだろうか？　ちょっと、気を失っただけかもしれないじゃないか。となると、殺人未遂ということになるのかな？　いやいや、僕には殺意はなかった。せいぜい傷害罪だ。彼女が被害届を出さなければ、罪を免《まぬが》れることさえできるかもしれない。僕はあの時、追い込まれていたんだ。だから、わけもわからず、あんなことをしてしまった。精神科医ならきっと理解してくれるはずだ。僕には殺すつもりも、怪我をさせるつもりもなかったんだ。

本当に？　よく考えて思い出すんだ。あの時、僕は女は死ぬかもしれない、死ぬようなことがあっても仕方がない、と思ってたんじゃないだろうか？　するとこれは未必の故意ということになる。やはり、僕は罪に問われることになるのか？

僕は三日間、ずっと同じことを考え続けていた。まさに堂々巡りだった。考えても考えても結論は出なかった。当然だった。僕には手持ちの情報が少な過ぎた。

果たして女は命を取り止めたのか？　警察に被害届は出したのか？　警察は僕の部屋の死骸を見付けたのか？　そして、僕を犯人だと断定したのか？　女は警察にあいつのことを伝えたのか？　警察はそれを信じたのか？　わからないことばかりだった。

　僕は逃げ回るでもなく、ただやみくもに街を徘徊《はいかい》し続けた。小銭すら持っていない身では逃亡はできない。だが、いくら空腹でも、食堂の裏に出される残飯に手を付ける勇気はなかった。僕は一日中、スーパーからスーパーへと歩き回り、試食品を貪《むさぼ》った。客たちは僕のただならぬ様子に気が付くと、遠巻きに取り囲んだ。警備員が駆け付け、ぴったりと張り付くようになったが、試食品を食べているだけでは手の出し様もない。僕を監視し続ける警備員を尻目《しりめ》に僕は試食品をきれいに平らげた。夜になると、僕はスーパーの裏に積み上げてある段ボールの中から大きめのものを失敬し、それを布団代わりに児童公園のベンチで眠った。

　このまま、ずっとやっていけそうな気がした。このまま、ホームレスとして、一生街に埋もれていれば、警察も世間も許しておいてくれるんじゃないだろうか？

　そうして、三日目の夜、僕は夢を見た。夢の中で、僕はついにごみ箱から、食べ物を入手するようになっていた。僕は半分溶けかかった甘ったるい食べ物を頬張《ほおば》り満足していた。どこか、後ろの方から僕を囃《はや》すような声が聞こえていた。子供たちだ。僕は無視した。放っておけばいい。僕には関係ない。僕には食べ物も眠るところもある。友達はいないけれど、どうせそんなものは役に立たない。僕は満ち足りている。餓鬼《がき》どもと僕の間には何の関係もない。気にすることはない。

その通り、気にすることはない。誰かが僕のすぐ側で言った。おまえは負け犬なのだから。おまえは罪から逃げたんだ。だから、こうやって腐った食べ物を貪っているんだ。

違う。それは違う。僕は罪を犯してなんかいないんだから。僕は文句を言った。

そんなことは知っているさ。罪を犯したのはおまえじゃない。誰が罪を犯そうが問題じゃない。それを償うのは常におまえなんだから。

じゃあ、いったい誰が罪を犯したんだ？　僕は誰の罪を償っている？

もちろん、俺さ。そいつは女を抱き抱えていた。その腹には深々とナイフが突き刺さっている。そいつがナイフを抜くと、血が噴水の様に噴き出した。血を浴びながら、そいつはにやにや笑った。ほら、見ろよ。おまえが償わなきゃならん罪がまた一つ増えた。

僕は目覚めた。まだ、空は暗かった。都会の空には星一つ見えなかった。僕は自分のアパートへ向かった。


「わたしは『敵対者』に罠《わな》を仕掛けることを思い付きました。そして、彼が自分のアパートに帰ることに望みを託したのです」

アパートには見張りはいなかった。たった三日で、警戒は緩むものなんだろうか？　それとも、僕の姿はどこかの窓から監視されているのだろうか？

もちろん、そんなことは気にならなかった。こうしている間にも警官に取り押さえられるかもしれないが、それでも構わない。とにかく、ほんの少しでもあいつに立ち向かってやるんだ。そうでなければ腹の虫が治まらない。

鍵をはずし、部屋に入って、反射的に照明をつけた。自分でスイッチを入れたにも拘《かかわ》らず、まだ電気が止まっていないことに、少し驚いた。考えてみれば、急いで電気を止める理由もないわけだが。

床の上のごみはきれいに片付けられていた。玄関の土間との境目がはっきりわかった。自分の部屋なのに妙に落ち着かない気分になる。ごみは誰が片付けたんだろう？　大家か？　それとも、警察か？　警察だとしたら、ご苦労なことだ。

畳の上には血の跡が残っていた。足が生えた巨大な蝶《ちょう》のような模様になって部屋いっぱいに広がっている。

家具——と言っても、テレビと冷蔵庫ぐらいだったが——はそのままになっていた。どうやら、ごみとは判断されなかったらしい。

目的のものは冷蔵庫の上に載っていた。例のノートだ。

このノートはぼろぼろで薄汚れていて、ごみのように見えた。だから、ごみと一緒に捨てられていてもなんの不思議もない。中には被害者と思《おぼ》しき絵と錯乱した文章が綴《つづ》られている。だから、証拠品として押収されていてもなんの不思議もない。ここにこれが残っているのは奇跡的だと言ってもよかった。

僕は震える手で、ノートを掴むとゆっくりと最後のページから、捲り始めた。

白紙が続く。やがて、何かが書かれているページに辿り着いた。

僕は目をつぶり、深呼吸した。病院で死体の絵が描かれているのに気が付いた後は一度もノートを見ていない。あれから、ここでノートを落とすまでの間にあいつが何か書き込んだ可能性はある。それを確認することは僕にとっては拷問のように辛いことだった。しかし、ここで逃げるわけにはいかない。どこまで、逃げようともあいつは必ずついてくる。あいつと対峙《たいじ》することを避けていては僕は未来永劫《みらいえいごう》あいつの尻拭《しりぬぐ》いだ。

僕は目を見開いた。

俺の力を思い知ったか！　いつも言ってたことがはったりじゃないってことがこれでわかったはずだ。俺が殺せるのは犬や猫や鳩ばかりじゃないんだ。俺にとっては人間の女を殺すことだって朝飯前なんだ！

そして、俺はなんでも知っている。コンビニでバイトに雇って貰えなかったことも、あの白い女に俺の存在について相談したこともだ。おまえは俺のことを何も知らない。

おれが今日一日何をしていたか、どこに行ったか、何を考えたか、おまえには金輪際わからない。

だが、俺は知っている。おまえのすべてを知っている。おまえがどこに行って何をして、何を考えたか、一つ残らず手に取るようにわかるんだ。おまえにとって、俺は神のような存在なんだ。おまえは自分の手のうちを常に見せながら、ポーカーしているんだ。最初から全く勝ち目はないんだ。俺はいつだって、気が向いた時に外に出て、さんざん好きなようにやってやる。責任は全部おまえがとるんだ。都合が悪くなったら、俺はさっさとひっ込む。

ところで、どうして俺が殺したあの女とやらなかったんだ？　もったいないことをしたな。どうせ、警察は女の体内に残された体液のＤＮＡ検査をやってるだろうに。

あの女の中にあいつの精液があるというのか？　僕のＤＮＡを持った精液が。体が震え出すのを歯を食いしばって押さえた。必死に考えるんだ。あいつを出し抜く方法を。

僕はポケットから、ちびた鉛筆を取り出すと、一字ずつ力を込めて塗り込めるようにノートに書き始めた。

いい加減なことを言っているがいい。確かに、おまえは僕よりもほんの少し有利な立場にいるらしい。だが、自分で言っているほどのことはないはずだ。おまえはこの三日間というもの僕に付き合って、ホームレスのまね事をしてきたはずだ。本当におまえに自由があるとしたら、どうして、こんなことに甘んじていられるんだ？

きっと、おまえは自由に現れることなど本当はできないんだろう。もし、できたとしたら、おまえは必ず先生の前に現れたはずだ。僕に嫌がらせがしたいのなら、それが最も効果的だ。おまえに自由があるというのなら、証拠を見せろ。いつも僕を見張っているというなら、そしていつでも外に出られるというのなら、今すぐ来い！　そして、このノートに反論を書いてみるがいい‼

書き終わった瞬間、背中に悪寒《おかん》が走った。ここまで挑発する必要はあったのか？　僕はあいつの能力に限界があるということを確かめたかった。だが、もしあいつの言うことが本当だったとしたら？　あいつが僕にとっての神だったとしたら？

出て来いと言ったのはおまえだ。

僕はぎょっとした。誰が書いたんだ⁉

だから、決して後悔なんかするなよ。こんなことはいつだってできたんだ。俺は好きな時にやってくる。おまえにはそれを防ぐ権利も方法もない。これでわかったか？

膝から力が抜けた僕はぺたんと畳に膝をついた。ころんと鉛筆が手から落ちる。僕は初めてあいつの存在を実感した。蛇のように僕にまとわりついている。ぬめぬめとした生臭い息まで感じるような気がする。

僕は左手で鉛筆を摑むと、震える右手に握らせた。冷蔵庫の上からノートを引きずり下ろす。ばんと左手でノートを押さえる。焦ってはいけない。何かあるはずだ。何かあいつの弱点が……

だから、それがどうだというんだ。おまえが出入り自由だということは認めてやってもいい。でも、それだけだ。僕の人格は確固として存在し続けている。僕の存在さえ消えることがなければ、いつかはおまえに逆襲することができるんだ。

ほとんど、負け惜しみに過ぎない言い種《ぐさ》だった。全く脅しになっていない。今すぐ、反撃することもできないし、その方法もわからないと白状してしまっている。それとも、そんなことは書く前からあいつはお見通しだったのかも……。

「ひえっ！」またもや、あいつの気配を感じた。今度は暗い陰鬱なあいつの表情さえわかった。血の気のない顔がぐっしょりと汗で濡《ぬ》れていた。

まだ、そんなことを言ってるのか？　はっきり言ってやる。この体の主人は俺なんだ。この体の一挙一動はすべて俺に権利があるんだ。おまえは、影に過ぎない。おまえは俺が現実から逃げ出すために作った仮の人格なんだよ。おれがそう望むだけでおまえは消えてしまう。おまえには過去も未来も、そして現在さえないんだ。

うまく体が動かない。まるで、誰かに押さえ付けられているようだ。あいつは僕を消そうとしているんだろうか？　それもいいだろう。僕を消してしまったら、あいつはすべてを自分でかぶらなければならない。ただ、消える前に一矢《いっし》を報いなければ気が済まない。僕は全力で考え、書きなぐった。

僕はさっき言った。もし、おまえが自分の意志で出入りできるとしたら、必ず先生の前に現れたはずだと。説明してくれ。なぜ、おまえは先生の前に現れなかったのか？

喧《やかま》しい‼　喧しい‼　喧しい‼　喧しい‼　喧しい‼　そんなことはかんけいないおれのじゅうだいつどこであらわれようがおれのかっておれのかってだ。

どうやら、痛いところを突いたらしい。これほどうまく命中するとは思いもしなかった。もう一押しすれば、何か突破口が見つかるかもしれない。

僕にはわかっているんだ。おまえが先生の前に現れない理由が。おまえは自分の意志で現れなかったようなことを言ってるが、それは嘘だ。おまえは現れなかったんじゃない。現れられなかったんだ。なぜなら、おまえは先生の

本当だろうか？　僕の推理は正しいんだろうか？　あいつは先生のことが怖いんだろうか？

かくなかくななにもかくな

あいつの手の感触がはっきりとわかった。僕の腕全体に鳥肌がたった。あいつは僕の文章に続けて書き始めた。

そんなことはかくなおまえはまちがっているおまえのかんがえはめちゃくちゃだぜんぶちがうちがうちがうおまえはもうだめだこれでおわりだおまえのさいごだ

ついに来たようだ。あいつと僕が離れていくのがわかる。あいつは僕を切り離すことに決めたようだ。切り離された僕はきっと消えてしまうんだ。

おれはなにもこわくないおれはなんでもできるおれはひとだってかんたんにころせるおれはあのおんなをころしたあのおんなをうしろからさしてやったせなかのどまんなかをひとつきだそれからたおれたおんなをうらがえしてみぎむねとへそのしたにもさしてやったおまえにもそうしてやろうかおれにはおまえをころすことだってできるんだ

僕の目の前に腕が見えた。僕のじゃない。あいつのだ。あいつの腕が僕の喉にかかる。僕にはどうすることもできない。ゆっくりと息がつまる。
「そこまでだ。証拠は揃《そろ》った」背後から、中年の男が現れ、あいつの腕を握り、手錠をかけた。

振り返ると、もう一人別の若い男が立っていた。「まさか、本当にここに戻ってくるとは思いませんでしたよ。警部は信じてましたか?」

「俺だって半信半疑だったよ。だが、こうして現に逮捕できた。ええと、その……『敵対者』をだ」警部と呼ばれた年配の刑事は僕の方を見た。「どうも、ご苦労様。君にも一応、警察に来てもらうよ。なあに、ちょっとばかり調書をとるだけで終わる。その後は帰っていい。われわれは君を捕まえたのではなく、『敵対者』を逮捕したんだからね」刑事はあいつの腕を持ち上げ、僕に見せた。「これは君の腕じゃないだろ」

「はい」僕は混乱していた。「不思議なことですが、そのようです」

「不思議でもなんでもないよ」若い刑事が言った。「君は今まで錯覚していたんだ。つまり、妄想だ。君と『敵対者』は別の人物だったんだ。別の人格ではなく、別の人物。いったいぜんたい、どうして、こいつと自分が同一人物だなんて、思い込んじまったんだろうね」

「わたしは彼から、彼の部屋で女が殺されているという報告を受けた時から、『敵対者』が彼とは独立して存在していると確信していました。なぜなら、彼のアリバイはその時点ですでにほぼ完璧《かんぺき》だったからです。彼の部屋にいた女性はいつ殺害されたのか？　検視結果を見れば、わかることでしょうが、たとえ見なくても午後一時頃だということは簡単に推定できます。まず、現場に大量の出血の跡があったことから、あの部屋が殺害現場であったことはほぼ間違いないと思われます。また、大家によると下の部屋の住人は午後一時頃に悲鳴のようなものを聞いており、その後血液が天井から流出しています。また、万が一、殺害現場が別の場所だとしても、あの部屋に運び込んだのは当日の正午以降のはずです。なぜなら、正午過ぎにはまだあの部屋に死体がなかったことは受信料の集金人によって確認されているからです。ところで、正確な被害者の死亡推定時刻はいつでした？」女は年配の方の刑事に尋ねた。

「検視によると、正午から午後二時の間だが、一時半には階下の住人によって大量の血液が確認されている。分析の結果、彼の部屋の床から、下の部屋の天井の間に広がっている血液は被害者のものだと確認された。この事実と集金人の証言から、死亡推定時刻は正午過ぎから午後一時過ぎまでということになる」

「ありがとうございます。で、その時間の彼の行動ですが……。

正午過ぎに部屋を飛び出し、駅に走っていったことは集金人によって確認されています。電車の発車時刻まではほんの数分しかありませんでしたから、殺人を行う余裕はなかったはずです。また、かなり派手な状況で電車に滑り込んでいることから、彼のことを目撃し、記憶している人物を探すのはそれほど難しくなさそうです。次の目撃者はコンビニエンスストアの店長です。ひょっとすると、店の客の何人かは店内で土下座していた彼の様子を覚えているかもしれません。それから、タクシーです。これが唯一あやふやな部分でしたが、彼が持っているレシートが裏付けになるはずです。そして最後はわたしです。もっとも、刑事さんのお話ではわたしが彼に会った時刻は犯行推定時刻を過ぎてしまっているので、たいした意味はないのですが」

「今、おっしゃったアリバイの裏をあなたご自身がとられたわけではないんでしょ？」若い方の刑事が尋ねた。

「ええ。それはそうです。しかし、彼の証言には曖昧《あいまい》なところがなかったので、裏がとれるのはほぼ間違いないと考えました。もし、嘘だとしたら、すぐにばれるようなものばかりでしたからね。アリバイ工作をするなら、もっと裏を取りにくい嘘をつくはずです。もちろん、警察はそんな単純な裏付け捜査でもしっかりやっておられるんでしょうが」

「われわれは彼のアリバイについてもすでに裏付けをとっている。不審な点は見付かっていない」年配の刑事が答えた。

「結構」女は頷いた。「さて、これで女性殺害の犯人が彼でないことはわかりました。そして、彼の中に潜む別の人格がやったのでないこともわかります。彼の中に別の人格が潜んでいるとしても彼とは肉体を共有しているわけですからね。

この段階まで推理が進めば、彼が逮捕される可能性はほとんどないということがわかります。だから、わたしは彼を警察に出頭させようと連絡をとったんです」

「それを彼は勘違いして、あなたに襲いかかって逃亡したんですね」若い刑事は興味深そうに言った。

「おそらくそうでしょう。ただ、わたしはそのことで彼を訴える気はありません。彼にちゃんと説明しなかったわたしにも非があるんですから。……とにかく、彼に逃げられたので、わたしは警察に連絡することは中止しました。警察に連絡することで彼に不利な状況になることを恐れたんです」

「その判断は的を射たものじゃなかった。すぐ連絡してくれれば、彼の保護も犯人逮捕ももっと早かったかもしれない」

「そうでしょうか？　まあ、すべてが終わってからはどうとでも言えるので、言い争いはやめましょう。

さて、彼にアリバイがあったからと言って、すべての謎《なぞ》が解けたことにはなりません。現に彼の持っていたノートに殺害された女性の絵がかかれていたわけですから、彼は単に自分の部屋で殺人が行われたということ以上に事件に関わりがあったことは明白でした。もし彼にアリバイがなかったら、どうなっていたでしょう？　彼は殺人の濡衣《ぬれぎぬ》を着せられることになったのではないでしょうか？」

「それはどうかな？　われわれだって、馬鹿じゃない」

「でも、少なくとも容疑者にはなっていたはずです。彼にアリバイがあったのは不幸中の幸いと言っていいでしょう。まったく突発的なものです。それに比べて殺人自体は計画性が強いもののように思えました。わたしは一つの仮説をたててみました。『何者かが、一人の女性に殺意を抱いた。そして、自分に嫌疑がかかることを恐れたその人物――〈敵対者〉――は自分の罪を別の人間にきせることにした』

彼は周到に計画された罠にかけられたのです」

「凄《すご》い直感力ですね。まったく羨ましい」若い刑事は本当に羨ましそうだった。

年配の刑事は鼻を鳴らしただけだった。

「すると、すべてが繋がりました」女は続けた。「決して現れることのない第二の人格、いつの間にか書き込まれているノート、彼自身いつ人格転移が起きているのかわからないという事実、彼が寝ている間や留守の時のみに部屋で起きる悪質な嫌がらせ。これらは一つのことを指し示しています。彼は多重人格障害ではなかったのです」

「しかし、なぜ彼は自分を多重人格障害だと信じていたんだろう？　部屋の中で妙なことがあったり、ノートに知らない書き込みがあっても、誰か侵入者がいると考えるのが普通だろうに」

「おそらく、自分が多重人格だと考えるように誘導されたのです。一度、方向付けが成功すれば、後は本人が勝手に補強してくれます。無関係な事実を組み合わせて、多重人格障害の根拠にしてしまいます。目覚まし時計をかけ忘れたり、ちょっとしたど忘れをしたり、大事な時についうたた寝をしてしまうことは誰にもあることですが、彼はすべてを自分の多重人格障害に結び付けて考えていました。もちろん、少々誘導したぐらいでは正常な人間にそんな妄想を抱かせることは簡単ではありません。しかし、彼には特別に暗示にかかりやすいという特徴がありました。彼は中学や高校のころから、催眠術遊びや、こっくりさんの標的になっていたのです。彼はおもしろいように暗示にかかることで、学校内ではかなり有名だったのです」

「『敵対者』がそんな体質の彼を選んだのは偶然だったんでしょうか？」若い刑事は尋ねた。

「いいえ。偶然にしてはでき過ぎています。おそらく、『敵対者』は彼のことを知っていたのでしょう。彼に『自分は多重人格者で、自分とは別の人格が彼女を殺してしまった』と思い込ませて、警察に自白させることが目的だったのです。これは非常にうまいやり方です。多重人格は彼に殺人の記憶がまったくないことの理由になるからです。普通の替え玉なら、嘘の証言をしても必ずぼろが出てしまいます。その点彼は完璧でした。記憶がないと主張しているのですから、嘘をつく必要はないのです。

わたしは自力で犯人を特定しようと、彼の周辺を探ってみました。彼に暗示をかけることができる人物はかなり絞られるはずです。少なくとも、最近彼に接触している人物でなくてはなりません。彼が逃亡した後、彼の部屋の大家さんや近所の人々に聞いて、最近の彼の行動を調べてみると、気になる点が浮かび上がってきました」

「それは医療の範囲を逸脱した行為に思えるが」

「そうかもしれませんね。でも、個人的に特定の人物を調査すること自体には問題はないはずです」女は話の腰を折られて不服そうだった。「彼は週に一度、近所のカラオケボックスに通っていたのです。しかも、必ず不審な人物と一緒に。店員によると、その人物と彼は歌も歌わず、ずっと話をしていたそうです。ある店員は好奇心から中の様子を探ってみたらしいのですが、何か相談ごとをしているかのようだったと言います」

「あんた、直接店員に訊《き》いたのか?」年配の刑事が口を挟《はさ》む。

「いいえ。直接出向いて、『敵対者』と鉢合わせをすると、まずいと思ったので電話で問い合わせたのですが、何か問題でも?」

「いいや。それで納得した。先を続けてくれ」

「おそらくカラオケボックスの中で行われていたことは逆カウンセリングだったと思われます。患者を正常な状態に回復させるのではなく、異常な状態にしてしまう。この場合は彼に多重人格障害であるという妄想を植え付けたわけです。その相手こそが『敵対者』の正体です。わたしはカラオケボックスの前にある喫茶店に張り込んで出入りする客をチェックしてみたのですが、残念ながらそれらしい人物はみつかりませんでした。ただ、犯人像はかなり絞り込むことができたので、意を決して警察に連絡することにしたのです。犯人の特徴は、彼の古くからの知り合いであること、基本的な精神分析の知識があること、そして例の女性を殺害するなんらかの動機を持っていること、です」

「殺害の動機についてはすでに見通しはついてました」若い刑事が自慢げに言った。「聞き込みで、すぐにわかりました。殺された女性の本職は売春だったんですが、副業に恐喝をやってたんです」

「おい、西中島そういう場合は無職というんだ。犯罪は職業じゃない」年配の刑事が正す。

若い刑事は気にせず、続けた。「十代の頃から、グループで組織的に援助交際をやってたそうです。でも、二十歳ごろにもなると、分別が付くのか、グループから一人抜け、二人抜けして、今では彼女一人になってたそうです。ええと、恐喝というのも、コギャル時代にやって味をしめた手口ですね。ほとんどは客になった男に買春したことを家族や会社にばらすぞ、と脅すタイプです。その他の手口としては……」

「殺された女の部屋から、恐喝の相手の一覧が出てきた。ただ、数が多くてね。百人以上もあったんだ。これからどうやって絞っていこうかと頭を悩ましている時にあんたから、連絡があった。正直言って、驚いたよ」

「『敵対者』を捕まえる方法を思い付いたのです。わたしの推理が正しいとすれば、『敵対者』は焦っていると思われました。最初の計画では彼はすぐ警察に逮捕されるはずでした。有罪になろうが、心神喪失を理由に無罪になろうが、とにかく彼が殺したことになれば、目的は達成されたことになります。ところが、彼はいっこうに逮捕される気配がない。もしかすると、『敵対者』は彼にアリバイがあるということも摑んでいたのかもしれません。ここで駄目押しをしておく必要がある、と考えるはずです」

「正直言って、犯人がそう考えるとはとても思えなかった。再び彼に接触するのはリスクが高い割に、効果がないんじゃないかってね。しかし、それを言えばもともと犯人はかなり特殊な思考をするやつだし、われわれにはあんたの着想が的を射たものだという根拠もあった。それで、その考えに乗ってみることにしたんだ」

「彼は必ず自分の部屋に戻るだろうと推測しました。彼をカウンセリングした経験から、彼の思考パターンはおおよそ予想がつきます。となると、同じく彼を分析して制御した経験を持つ『敵対者』も同じ予測をするだろうと考えたのです。だとすると、『敵対者』は彼が部屋に戻った時を狙《ねら》うはずです。それ以外の時に彼を見付けて処置をするのは大変ですから」

「われわれはこの部屋に例のノートを残し、わざとこの部屋の見張りを手薄にし、彼が戻ってくるのを待ったんです」若い刑事が言った。「すると、驚いたことに本当に彼が部屋に入っていきました。しかも、すぐ後にもう一人の人影が続いて入ったんです」

「わたしの予想通りでした」女は自慢げに言った。「おそらく、『敵対者』はカウンセリングの場以外では、彼に自分の姿が見えないように、暗示をかけていたはずです。一種のマスキング効果ですね。彼は自分と一緒にノートに書き込んでいる『敵対者』をまったく認識できず、どんどんノートに書き込まれていく文章に理解を絶する恐怖を味わったことでしょう。その様子を見て、『敵対者』はいい気になりました。そして、過剰な演出をしてしまいました。犯人でなければ、知りようのない殺害方法を詳しく説明してしまったのです」

年配の刑事は頷いた。「背中の刺し傷は遺体の発見者も知らないことだったからな。あのくだりは決定的な証拠になった。……とにかく、これで一段落ついた。ただ、どうも不可解なことがある」

「まだ何かありますか？　謎はおおかた解けたと思いますが？　犯人が女だったことが解せないんでしょうか？」

「それはたいした謎じゃない。恐喝リストには女の名前がいくつかあった。別に彼女がレズの相手をしていたってわけじゃない。彼女は足を洗った昔の売春グループのメンバーまで恐喝のターゲットにしていたんだ。彼は殺された被害者に面識はなかったようだが、実は被害者は多重人格に仕立て上げられた彼と同じ学校の一年上の卒業生でね。彼女が恐喝していた仲間もほとんど同じ学校の卒業生だったんだ。だから、リストの女性は誰もが彼のことを知っていても不思議ではなかったし、当日の前夜、彼のところに出掛けるように仕向けることも難しくはなかったはずだ。金を払う代わりに、いいかもを紹介するって名目でね。しかし、彼は被害者を追い返した。これが計算に入っていたのかどうかは知らない。とにかく、次の日の昼間、犯人はもう一度、被害者をアパートに呼び出した。今まで、部屋に出入りしていたことから考えて、合鍵《あいかぎ》は持っていたんだろうな。

わたしが今不思議だと言ったのは、そこまで真実に近付いたあんたがどうして、あの単純な事実から、犯人を割り出すことができなかったかということだ。

あのノートにあった死体のイラストは殺人の前に描かれていたということはありえない。なぜなら、殺人が実行される前の正午の時点で彼はノートの内容を確認しており、殺人が行われた時刻までノートは彼に所持されていたからだ。つまり、あの絵は殺人が行われた後に殺害犯人によって描かれたということになる。カウンセリングが終わった時、ノートにはすでに絵が描かれていた。彼が描いたのでないとすると、描くことが可能な人物はたった一人に絞られる。

あんたから話を聞いた時、われわれは心底驚いたよ。リストの中で大学で心理学を専攻した女性は一人だけだった」年配の刑事は自分がついさっき手錠をかけた白い女の腕を不思議そうに眺めた。
「いったいぜんたい、どうしてあんたは自分を精神科医だと思い込んじまったんだろうね」

(冒頭の引用は『旧約聖書　ヨブ記』関根正雄訳　岩波文庫を参考にしました。　作者)

攫《さら》われて

「わたしたち、誘拐されたの。小学校から帰る途中、公園で道草してた時に」唐突に恵美《えみ》はそんなことを言い出した。

「誘拐って？　事件ってこと？　それとも何かの悪ふざけ？」僕は彼女に訊《き》き返す。

「事件よ。本物の事件」恵美はぼさぼさの髪を毟《むし》るように掻《か》きながら言った。

二人の間に沈黙が流れる。

ここは二人が暮らす部屋。前はもう少し整然としていたような気がするが、最近どんどん荒《すさ》んでいくように思える。洗っていない皿やインスタントの食べかすが部屋中に散乱している。元々テーブルがないこともあって、食べ物は床の上に置いて食べる習慣になっていて、薄っぺらな絨毯《じゅうたん》は食べ物の汁を吸い込んで焦茶色だ。このような状態になった原因の大部分は恵美の性格にあるのではないかと踏んでいるのだが、彼女にそう切り出すようなことはしなかった。彼女は怒ると手が付けられない。自分から厄介なことを招きたくはなかった。

恵美は生えっぱなしの髪の毛で半ば顔を隠して俯《うつむ》いていた。割り箸《ばし》の袋が散乱する床の上で自分の足を抱くように座っている。

「そりゃ、初耳だよ」僕は、沈黙に耐え切れなくなった。

恵美は僕の方をちらりと見たが、僕の発言自体は完全に無視して、ぽつりと言った。

「わたしと幸子《さちこ》と馨《かおる》——放課後はいつもこの三人で遊んでいた。そして、三人一緒にさらわれたの」

「聞いたような名前だな」

「本当?」恵美は少し顔を上げる。

「ああ。でも、よくある名前だし」

恵美はまた顔を伏せる。「みんな、忘れ去られてしまうのね」

「それでどうなったんだい? 誘拐事件なんかしょっちゅうあるんで覚えてないんだけど」

「今となってはもう関係ないわ」恵美は諦《あきら》めたように溜《た》め息をついた。

「これは僕の完全な推測なんだけど、その事件が今の君の人格形成に影響を与えたってことはないかな?」

「わたしの人格?」

「その……何に対してもやる気がないところとか、自暴自棄なところとか」

恵美は乾いた笑い声をたてた。「そうかもしれないわ。わたしの人生で最大の事件だものね。あんなことを体験して、その後まともでいられる訳がないもの」

「話を聞きたいな」僕は思い切って言ってみた。

恵美はきょとんとして僕を見詰めた。「本気なの？」

「ああ。本気だよ。それとも、話すと何か拙《まず》い事でもあるのかい？」僕は恐る恐る尋ねた。

恵美はしばらく目を瞑《つぶ》っていた。「いいわ。話をしておくいい機会かもしれない」

「全部話してくれよ。僕は何を聞いたって驚かないから」

わたしたち三人はいつもの公園で遊んでいたの。三人ともまだ人生についてあれこれ考える余裕はなかったわ。砂場でままごと遊びをするのに忙しかったこともあるけど、何よりまもなく始まる夏休みの予定で頭がいっぱいだったの。もちろん、宿題は山ほどあった。でも夏休みはとても長くて、充分に遊んだ後で始めればいいと思っていた。あの日、わたしたちの心はもう夏休みに飛んでいたのね。公園から人影が消え、自分たちだけになっていることに気がついた時、もう日は沈みかけていた。でも、誰も帰ろうなんて言わなかった。遊びは楽しかったし、たとえ夜になったとしても、大人たちが言うような怖いことは何も起こりそうになかったもの。

その時、木陰から肩幅の広い男の人がゆっくり現れた。だらだらと汗を流し、はあはあと苦しそうに息をしていたわ。「お嬢ちゃんたち、お願いがあるんだけど、いいかな?」

わたしたちは互いに顔を見合わせた。知らない大人の人に話し掛けられるのに慣れていなかったので、どう答えていいのか、わからなかったのよ。

「なに、難しいことじゃない。ちょっとしたことさ。おじさんはただお嬢ちゃんたちに道を教えて欲しいだけなんだ?」

「何の道?」最初に答えたのは馨だった。

「こ、公民館へ行く道だよ」男の人はどぎまぎと答えた。

「公民館? よくわからない」馨は困ったように言った。

「あたし、知ってるわ」幸子が自慢げに言った。「先週、おばあちゃんと一緒に行ったもの。あそこで手芸教室があったの」

「おじさんに教えてくれるかな、お嬢ちゃん」

「どうしようかな? ちょっと遠いから」

「じゃあ、車に乗って行こう。公園の前に止めてあるから」

「だめよ、幸子」わたしは慌てて言った。「知らない人に付いていっちゃあいけないのよ」

「えっ?」男の人に付いていこうとした幸子の足が止まった。

男の人は舌打ちをした。

「お母さんも、先生もそう言ってたよ」

「そうかい、お嬢ちゃんは大人の言い付けをよく守って偉いね」男の人はわたしの頭を撫《な》でた。

「でも、どうして付いていっちゃあいけないのか、理由はわかっているのかな?」

「理由?……ええとね……」

「誘拐されるから」馨が口を挟んだ。

「そうだ。よく知ってるね。悪い人に付いていったら、誘拐されてしまうかもしれないからね。でも、おじさんは悪い人じゃないから、付いてきても大丈夫なんだよ」

「本当に?」

「本当さ。それどころか、みんなに誉められるかもしれないよ。困ってる人には親切にしなさい、っていつも言われてるだろう。おじさんは公民館の場所がわからなくて困ってるんだ。親切にしてくれなくちゃいけないよ」

幸子は男の人の言葉に頷《うなず》いて、また歩き出したの。

「待って!」わたしは食い下がった。「ひょっとしたら、そのおじさん悪い人かもしれないわ」

男の人は凄《すご》い形相でわたしを睨《にら》んだ。「お嬢ちゃん、言っていいことと悪いことがあるんだよ。初めて会った人を悪人呼ばわりするなんて随分と失礼じゃないか?」

「だって……だって……」わたしは自分が間違っていないのはわかっていたけれど、大人に強く言われて、どう言い返せばいいかわからなかった。

「そうよ、恵美。人のことを悪く言ってはいけないのよ。おじさんに謝りなさいよ！」幸子はここぞとばかりにわたしを窘《たしな》めた。

馨はどちらが正しいか判断がつかなかったみたいで、きょろきょろと二人を見比べていた。

「困ったね。お嬢ちゃんたち、こんなところで喧嘩《けんか》をされたら、おじさん、どうしていいかわからないよ。そうだ。こうしたら、どうだろうか？」男の人はハンカチで汗を拭《ぬぐ》いながら言った。「三人ともおじさんと一緒に来るんだ。それだったら安心だろ。もし、おじさんが悪い人で、一人を捉《つか》まえてもあとの二人が逃げて警察に知らせればいいんだから」

「そうね。それがいいわ。ねえ、それだったらいいでしょ、恵美」

馨はそれで納得したようだったけど、わたしにはいい考えだとは思えなかった。でも、三人がわたしをじっと見詰めるので、反対はできなかった。

「それだったら、いい」わたしは渋々呟《つぶや》いた。

「よし、これで決まりだ」男の人は幸子と馨の手を握ると、さっさと歩き出したわ。幸子と馨は背の高さも同じぐらいで髪型も似ていたから、後ろ姿だけを見ていると、双子みたいだった。わたしはしばらく三人が歩いて行くのをぼうっとみていたけど、仕方がないので、渋々後ろを付いていった。

公園を出ると、すぐに軽自動車があった。幸子は助手席に、馨とわたしは後部座席に座った。男の人はすぐに発進すると、ぐんぐんスピードを上げだした。

「おじさん、こっちじゃないよ」幸子が不服げに言った。「公民館はあっちだよ」

男の人は何も答えなかった。

「ねえ。おじさん！」幸子は男の人の腕を掴《つか》み、揺すった。

「喧《やかま》しい！　静かにしろ‼」男の人は怒鳴りつけた。

わたしは目の前が真っ暗になったわ。

ああ。やっぱり、このおじさんは悪者だったんだわ。わたしたち、誘拐されたのだわ。

「おじさん、おじさん！　違うよ。この道は間違ってるよ‼」幸子はべそをかいてた。

「静かにしろって言ってんだろ‼」男の人は拳《こぶし》で幸子の顔を殴りつけた。
二、三秒の間、幸子は無反応だった。そして、大声で泣き始めた。同時に噴水のように鼻血が噴き出した。
わたしと馨は恐怖のあまりパニックになってしまった。

「降ろして！　降ろして！」

「止めて！　止めて！」

「煩《うるさ》い‼　黙れ‼　何度言やわかるんだ‼　糞《くそ》餓鬼どもが‼」男の人——誘拐犯人はまた

幸子を殴った。べちゃりと湿った音がした。幸子はさらに大きな声で泣き出した。そして、床の上に吐いた。吐いたものの中に歯が何本か混ざっていた。

「黙れ‼　黙れ‼　黙れ‼　黙れ‼　黙れ‼　黙れ‼　黙れ‼　黙れ‼　黙れ‼　黙れ‼　黙れ‼　黙れ‼　黙れ‼　黙れ‼　黙れ‼」男は何度も叫びながら、幸子の顔に拳を叩《たた》き込んだ。幸子はもう泣いていなかった。その代わり咳《せき》のようなしゃっくりのような不思議な声をしばらく上げたかと思うと、ばたばたと手足を振りまわし、静かになった。時々、ぴくぴくと動いていた。

「やっと静かになったか。おい後ろのやつら！　おまえらも殴られたくなかったら、静かにしろ‼」

とても静かになどできなかった。わたしたちは声を限りに泣き叫んだ。

でも、その時、犯人はわたしたちを殴ったりはしなかった。わたしたちを殴るためには車を止めなくてはならなかったし、車を止めたら誰かに見られたり、わたしたちが逃げたりすると思ったからだと思う。

日が完全に沈む頃、車は山道に差し掛かった。わたしと馨は泣き疲れて、啜《すす》り上げるだけになっていた。幸子は手足をだらりとさせ、ぐったりしていた。

「どこに行くんですか？」震える声で馨が尋ねた。

犯人は何も答えなかった。

「おじさんは誘拐犯人ですか？」

「死にたくなかったら、余計なことはぐだぐだ言うな‼」犯人は苛立《いらだ》たしげに叫んだ。

「幸子を病院に連れていってください」

「んあ？　ちょっと殴っただけだ。病院なんか連れてかなくても……」犯人は横目でちらりと幸子の顔を見た。「うわ‼」犯人は驚いてハンドルを切り損ないそうになった。車体がぐらりと揺れる。「俺のせいじゃない。そいつが騒ぐからいけないんだ‼」

「ねえ。幸子を病院に……」

「病院なんかにゃ行かねえ」

「だって、幸子は……」

「ちょっと殴っただけだっつってんだろが‼」犯人は喉《のど》が張り裂けそうな大声で言った。

「畜生！　なんてこった。もう後戻りはできなくなっちまった」

「おうちに帰してください」馨が言った。

「状況考えろ。帰れる訳ねえだろうが。おい、どっちが荻野《おぎの》寧子《やすこ》だ？」

わたしと馨は質問の意味がわからず、ぼんやりと男の後頭部を眺めていた。

「前に座ってるやつが荻野寧子か？……いや。さっき、おまえらこいつのことを幸子って言ってたな。……おい、どういうことだ?!」

二人とも何をどう答えていいかわからなかった。

「まさか、そんなこと……」犯人の声が小さくなった。「おまえら荻野寧子じゃねえのか⁈」

「寧子は先におうちに帰ったよ」馨がほっとしたように言った。「じゃあ、人違いだよ。寧子のおうちを教えてあげるから、車を戻して……」

「馬鹿餓鬼が本気で言ってるのか⁈　もうお終《しま》いなんだよ‼　何もかもおまえらのせいだ」男はしばらく無言になった後、また喋《しゃべ》りだした。「おまえらの家は金持ちか？」

「わからない」馨が言った。

「おまえは？」

わたしも首を振った。

「どんな家に住んでる？　一戸建てか？」

「団地です」

「おまえは？」

「わたしも団地」

「こいつは？」犯人は顎《あご》で幸子を指した。

「幸子のおうちは三階建てよ」

犯人はまたちらりと幸子の方を見た。「畜生ついてねえ。一番金になりそうな餓鬼を俺は……。いや。まだ駄目と決まったわけじゃない。こうなったら……」犯人はさらに車のスピードを上げたわ。

車はどんどん山奥に入っていった。いつの間にか目立たない脇道に入って、そこからさらに一時間程進んでから、犯人は車を止めた。

「よし。おまえら外に出ろ」

わたしと馨はびくびくと外に出た。外は真っ暗で、車のヘッドライトが照らしているところだけしか様子はわからなかった。様子がわかると言っても、何本かの木とうっそうとした茂みが見えているだけだったけど。足元はずるずるとした泥で、虫の声が微《かす》かに聞こえた。見上げると、星の海に山や木の影がくっきりと見えていた。

「逃げようなんて思うなよ。子供の足じゃ絶対麓《ふもと》まで辿《たど》りつけないぞ。途中で山犬に見付かって喰《く》われちまうのが落ちだ。おい。二人でこいつを運び出せ」

わたしたちふたりは命じられるままに、泣きながら幸子を運び出した。ぐったりしていて、とても重たかった。

「幸子大丈夫かな？　生きているのかな」馨が心細そうに言った。

「よくわからないわ。死んだ人を見たことがないから」

犯人は車のエンジンを切ると同時に、懐中電灯を取り出した。「よし、そいつを持ったまま、俺についてこい」

わたしと馨は動かない幸子を運びながら、犯人に付いていった。犯人が照らすところだけに世界があった。その他の場所はまだ世界ができていなくて、まだどろどろでわたしたちは始まる前の世界のどろどろの地面とどろどろの空気の中をどろどろになって進んでいた。どろどろの怪物たちがどろどろの森の中からわたしたちを睨んでいた。怪物は何百匹も何千匹もいた。

わたしは幸子の足を持って、馨は幸子の頭を持っていた。幸子は重くて、わたしたちは何度も落としそうになった。その度にわたしたちはなんとか持ち堪《こた》えた。馨は幸子の耳をぐいっと摑んで引っ張ったので、幸子の首は変なふうに曲がった。喉のところから何か音がした。幸子の呻《うめ》き声なのか、別の音だったのか、よくわからなかった。そして、ついに手が痺《しび》れて、幸子を落としてしまった。

「落とさずにちゃんと持て‼」犯人が怒鳴った。

わたしたちは慌てて、幸子を持ち上げようとしたが、もう疲れてしまって、どうしても持ち上げられなかった。仕方がないので、頭と手を摑んで幸子を引き摺《ず》っていく事にした。地面はどろどろだったけど、ところどころに大きな石が埋まっていて、幸子は何度も引っ掛かった。引っ掛かると、バランスを崩し、わたしたちは尻餅《しりもち》をつく。幸子の頭はごろんと地面にぶつかる。これの繰り返しだった。

そうやって、何十分か何時間か歩いていると、突然目の前に小屋が現れたわ。木で出来た粗末な造りで、今にもお化けが出そうだった。

犯人は小屋に入ると、明かりをつけた。

「よし。おまえら中に入れ」

入ると同時に二人は幸子を床に投げ出し、疲労のあまり倒れ込んでしまった。

床の上には埃《ほこり》が溜まっていて、それが煙のように部屋いっぱいに広がって、天井を覆い尽くす蜘蛛《くも》の巣に被《かぶ》さった。

犯人は時計を見た。「もうおまえらの親たちはおまえらがいなくなったことに気付いているはずだ。住所と電話番号を教えろ」

馨はすぐに教え始めた。

「教えちゃ駄目！」わたしは馨を止めた。

「邪魔をするな！　おまえらの親に電話して迎えに来てもらうんだぞ」

「嘘だわ！」

「煩い‼」犯人はわたしの髪の毛を摑んで、持ち上げた。「素直に教えりゃ、すぐ親を呼んでやるっつってんだよ！」

「だって、住所を教えてしまったら、わたしたちを殺すつもりなんでしょ」

「ちっ！　こましゃくれた餓鬼だ。……ああ。そうだよ。一人殺すも二人殺すも同じだからな。だがな、住所を教えてくれれば、少しの間は生かしてやる。もし教えなかったら、今すぐ殺す‼」

「絶対教えない」

「この餓鬼ぃぃぃぃぃぃ‼」犯人は真っ赤な顔をして、わたしに襲い掛かってきた。

「馨！　逃げて‼」わたしは必死でもがきながら叫んだ。

馨は一瞬呆然《ぼうぜん》としていたけれど、わたしの言葉の意味がわかったのか、小屋から飛び出していった。

「畜生‼」犯人は思いっきりわたしの顔を殴ったわ。顔が爆発したみたいだった。ごおんと音が響いて、何もかもが小さく遠くなって、体がなくなっていくみたいな感じだった。

わたしも逃げなくちゃ……。

そう思ったけれど、なんだかぼうっとして、どうしても体に力が入らなかったの。

どのくらいいたったのか、気が付くと、馨の泣き声が聞こえてきた。目を開けると、目の前に馨の姿があった。床に倒れて泣いていた。可哀想に馨の顔はぱんぱんに腫《は》れていた。

「逃げようなんて思うから、こんな目にあうんだ」男は馨を蹴《け》り飛ばした。

いつの間にか、外は少し明るくなっていたわ。

小屋の中にはたくさんの食べ物や水があったから、しばらくはここで暮らせそうだった。犯人は一人でがつがつと冷たいままのインスタント食品を食べ、食べ残しを床に捨てて、わたしたちに食べさせた。そして、お腹が一杯になると、ドアの前の床に横になり、ぐうぐうと鼾《いびき》をかき始めた。

「今なら、逃げられるんじゃないかな？」わたしは馨に提案した。

「駄目。ドアを開ける時に絶対に気付かれちゃう」

「じゃあ、窓は？」

二人はよろよろと立ち上がり、背伸びをして窓から外を眺めた。

窓の外は切り立った崖《がけ》になっていた。下まで十メートル以上ありそうだった。

「さっき外に出た時、小屋の周りはどんなだった？」

「まだ暗くてよくわからなかったけど、だいたい木ばっかりだった。小屋のすぐ裏は崖になっていて、その下はススキみたいな背の高い草がいっぱい生えていて、地面はよく見えなかったよ」

「窓と崖との間に立てるような場所はなかった？」

「よくわからない」

わたしは小屋の中を見まわしてみた。机か椅子があれば、それに乗って窓の下を覗《のぞ》いてみようと思ったのよ。でも、小屋の中には何にもなかった。

「肩車してみようか？」わたしは馨の耳元で囁《ささや》いた。「そうすれば、窓から外に出られるかもしれないよ」

「でも、肩車させてあげた方は逃げられないよ」

「先に窓枠に上った方が引っ張り上げればいいじゃない」

「そんなの絶対無理」馨はいやいやをするように首を振った。

「わたしが先に上るわ。わたしの方が力があるから」

目論《もくろ》み通りにはいかなかった。馨はわたしの股《また》の間に首を突っ込んだまま、うんうんと唸《うな》るだけで、ぴくりとも持ちあがらない。

「やっぱりわたしが下になる」

「でも、恵美を引っ張り上げるのは無理だって」

「だったら、引っ張り上げなくてもいい。一人で逃げて、大人の人にここの場所を教えるの」

「駄目だよ。さっきも逃げたけど、捕まっちゃったし」

「さっきはどうして捕まったの？　せっかく逃げられたのに。あいつ足速かった？」

「ううん。そんなには速くなかった。でも、いつまでも追い掛けてきた」

「隠れればよかったのに」

「隠れるところ、見られたらすぐ捕まるじゃない」

「だから、目につかないようなところに回り込めばいいの」

「そんなこと、できればとっくにやってるってば」

「馨のぐず‼」

馨はしばらく涙を堪《こら》えようとしていたようだったが、やがて目から大粒の涙が零《こぼ》れて、そして声を殺してしくしくと泣き出した。

「ごめん、馨。そんなつもりじゃ……」

「恵美はあいつに追いかけられなかったから、だからどんなにあいつのことが怖かったか、わからないんだよ」

「わかったから、もう泣かないで。あいつが目を覚ます」

「いいじゃん。別に。どうせ逃げられっこないんだから」

「逃げなくちゃ駄目。ここにいたら、いつか殺されちゃう」

「でもどうやって?」

「考えるの。何かいい方法がきっとある」

わたしたちは必死で考えた。でも、そんな思案も空しく、やがて犯人は目覚めてしまった。

「どうだ、餓鬼ども? 住所を教える気になったか?」

二人とも返事をしなかった。

「そうか、だんまり作戦のつもりか。だがな、大人を怒らせたら怖いぞ。おまえらなんて一捻《ひね》りだ」犯人は口の端をいやらしく歪《ゆが》めた。「まあ、いいだろう。時間はたっぷりある。別に今日でなくたって、明日でもいいんだ。いや。来週でも、来月でも構わない。ここにはたっぷり食料が用意してある。その間ずっと痛めつけるのも可哀想だから、時々は可愛がってやってもいいんだぜ」犯人は舌舐《なめず》りをした。

その日はとても酷《ひど》い日だった。悪夢のようだった前の日ですら天国のように思えるぐらいだった。わたしも馨もぼろぼろになって、幸子と同じように床に倒れ伏した。

犯人はまたインスタント食品を貪《むさぼ》ると、ドアの前で鼾をかき始めた。

「あいつ、絶対に許さない」馨は目に涙をいっぱい溜めて、犯人を睨んでいた。

「あいつを睨んでいても仕方ないわ。今は眠った方がいい。あいつが起きたら、また眠れなくなってしまう」

「眠らない。あいつが側にいる間は死んでも眠らない」

「じゃあ、起きてればいいわ。でも、無駄に目を覚ましているだけじゃ駄目。あいつから逃げる方法を考えるの」

「でも、ドアの前にはあいつが寝ているし、窓は高すぎるし……」

「あいつをドアから離れさせることはできないかな?」

「絶対、無理。動かそうとしただけで、目を覚ましちゃう」

本当に? 何か方法はないかしら?

わたしは小屋の中のあちらこちらをきょろきょろと見回した。隠れる所はどこにもない。物入れ一つない。あるのはインスタント食品と缶詰の山とペットボトル入りの水だけ。もちろん、山と言っても子供が隠れる程の大きさはなかった。

でも、わたしの心は何かに引っ掛かっていた。何かに。

そして、わたしは突然それが何かということに気付いてしまった。

「あいつを出し抜く方法が一つだけある」わたしは興奮のあまり思わず叫びそうになってしまった。

「どうしたの？　怖い顔をして」

「仕方がないの。わたしたちとても怖いことをしなければならないから」

「怖いこと？」

わたしは馨に作戦を耳打ちした。

「そんなこと本当にできる？」馨は不安げに言った。

「大丈夫。二人が力を合わせればきっとできるはずだよ」わたしは馨を元気付ける。

「本当にそんなことしてもいいの？」

「わからない」わたしは首を振った。「でも、しなくちゃいけない。それしか方法がないんだから」

「もし、あいつにばれたら？」

「逃げるのに失敗したって、別に今より悪くなるわけじゃない。馨は逃げられるかもしれない。うまくいけば、わたしも。どっちに行けばいいのか、わからないけどとにかくできるだけ遠くに逃げるの」

馨はしばらくの間、決心がつきかねる様子で、ぶるぶると震えていたけど、そのうち真っ青な顔で頷いた。「わかった。今すぐ始める?」

「もう一人のやつはどこに行った⁉」犯人は目を覚ますと同時に異変に気付いたようだった。

わたしは犯人を睨み返した。「知らない。知っていても言わない」そして、ちらりと窓の方を見た。

犯人は小屋の中のあちらこちらに目を配りながら、ゆっくりと窓に近付く。

夕暮れが近付いていた。

犯人は窓を開けると、少し身を乗り出し下を見た。「畜生。草が多くてよく見えねえ」

わたしは音を立てないようにして、ゆっくりと犯人に近付いた。

今ならできるかしら? わたしは頭の中で想像してみた。犯人を窓から突き落とすには、体を持ち上げなければならない。でも、わたしの力では持ち上げるどころか、動きを止めることすらできそうになかった。じゃあ、どうすれば……。

突然、犯人が振り向いた。「おまえ、俺を突き落とす気か⁉」ぎろりとわたしを睨んだわ。

わたしは首を振った。「そんなこと無理に決まってるじゃない」

「確かに無理なように思える」犯人は窓の外と小屋の中を交互に何度も見比べた。「しかし、おまえたちは現にできそうにもないことをやってのけている。……いったい、何を企《たくら》んでいるんだ？」

わたしは何も答えず微笑んでみせたの。

犯人の表情は険しくなった。顔は真っ赤になり、握り締めた拳がぶるぶると震えていた。

「この餓鬼……俺を馬鹿にしやがって！　あいつらと同じだ‼　絶対に見返してやる。俺の凄さを思い知らせてやるんだ‼」犯人はわたしに向かって一歩足を踏み出した。顔を殴るのにちょうどいい距離だった。

でも、わたしは一歩も動かなかった。

犯人がわたしを殴ることに気をとられれば……。ただ、少し位置が悪かった。なんとか、わたしが窓側に回らなくっちゃ。どうすればいいのかしら？

すぐにはいい考えは思い付かなかった。

犯人は手を振り上げた。

わたしは歯を食い縛ったけど、目は瞑らず犯人の顔をじっと見詰めていた。

犯人ははっとしたような顔をして手を下ろした。「なぜ逃げない？」

しまった。気付かれた？　ううん。まだ、大丈夫よ。焦らなければ、絶対にうまくいく。

「何か仕掛けがある。そうだろう。おまえは俺が何かをするのをじっと待ってるんだ」犯人は手の甲で額の汗を拭った。窓から射し込む夕日を浴びて、汗は血のように見えた。

わたしは相変わらず何も答えなかった。

犯人は物凄い顔つきでじっとわたしを睨んでいたけど、ふっと力を抜いて笑い出した。

「おまえは恐ろしく頭の切れる餓鬼だ。だがな……結局大人には勝てないんだ。このゲームは圧倒的におまえが不利なんだ」

「そんなことわからないわ。子供が大人を騙《だま》すことなんてそんなに難しくない。一休さんと将軍足利義満《あしかがよしみつ》の話は知ってる?」

「くだらん御伽噺《おとぎばなし》だ。あんなのは全部作り話だ。嘘っぱちなんだよ」

「そうかしら? 絶対に嘘だといえる?」

「ああ。言えるさ」犯人はわたしの顎を指で少し持ち上げた。「大人が子供にこけにされて、黙ってるはずがないからさ。俺が将軍だったら、小賢《こざか》しい屁理屈《へりくつ》をいう坊主はとっ捕まえて、首根っこをへし折って、叩っ殺してやるぜ」犯人はにやりと笑った。

わたしの心臓はどくんどくんと大きな音を立てた。頭がぼうっとして、とても痛くなって、目の前が明るくなったり、暗くなったりした。息もうまくできなくなって、そのまま座り込んでしまいそうになった。

殺されるかもしれない。でも、殺されるのなら精一杯抵抗しよう。わたしを殺すのに手間取るだけ、馨にはチャンスが増えるもの。

「足利義満はあんたほど、酷い人じゃなかったかもしれないわ。少なくとも子供にこんなことはしなかったと思うわ」

馨は我慢できるかしら？　今はまだ早いわ。わたしに気をとられているけど、それだけじゃあ、充分じゃない。

「そうかもな。俺は子供にどんな酷いことでもできるからな」犯人は顔を歪ませてまた笑った。そして、眉《まゆ》を顰《ひそ》めたの。「話を長引かせようとしているのか？　それとも、俺の注意を逸《そ》らそうとしているのか？」犯人はわたしの目を覗き込んだ。「けっ！　いけ好かない餓鬼だ。……まあ、いい。いつまでもこうしているわけにはいかない。どんな手品を使ったのかはわからんが、もう一人の餓鬼が逃げ出したのは間違いない。そして、なぜかおまえは一緒に逃げなかった。理由は簡単だ。おまえには何かの役目があるんだ。それは何だ？」

わたしは口を噤《つぐ》んだ。

「答える必要はない。とても簡単なことだ。つまり、おまえは俺を足止めしようとしてるんだ。あいつが少しでも遠くに逃げられるように時間を稼いでいる。そうだな」

「そうだと思ったら、すぐに馨を追いかけたらいいじゃない」

「……」

しまった。焦り過ぎたかもしれない。感づかれたかも……。

犯人は思案し始めた。「俺があの餓鬼を追って外に出たら、おまえはきっと逃げ出すだろう。それが狙いか？　ふん。この前みたいに立てなくなるまで殴ってやろうか？　でも、それだと、響とかいう餓鬼を探すのに手間取っている間に目が覚めて逃げられちまうかもな。もっと、思いっきり殴っておこうか？」

わたしはぎくりとした。こいつならやりかねないと思ったのよ。

「いや。これ以上やると、死んじまうかもしれない。殺したって構わないけど、そこは冷静に対処しないとな。身代金を渡す前に声を聞かせてくれと言われるかもしれない。万一、捕まった時に二人も殺してちゃあ、死刑になっちまうかもしれない。一人なら無期懲役で、模範囚になりゃあ、十年程で出てこれるだろう」

「今すぐ、わたしを逃がしてくれたら、もっと罪は軽くなるわ」

「俺が捕まるってのは万一の話だ。俺はそんなどじはまず踏まねえ。……とにかく今は響を捕まえることが先決だ。そして、そのためにおまえを動けなくすることもだ」男はポケットの中を探った。

わたしはきっと手錠か何かを出すんだと思った。

それは大きなナイフだったの。カッターナイフよりずっと大きくて、殆《ほとん》ど包丁と言ってもいいぐらいだった。

わたしはついに後退《あとずさ》ってしまった。

「なんだ。全然意気地がねえじゃないか。さっきまでの威勢はどうしたんだよ？」犯人は刃をぺろりと舐《な》めた。

「さっき、殺したら死刑になるって、自分で言ってたのに」

「殺しゃしないよ。動けなくするだけだ。どこがいい？　目玉を抉《えぐ》り出せば逃げられないよな」

「わたし、一人になっても逃げないわ。だから……」わたしは必死で言った。

「今更そんなことを言って誰が信じる？」

「じゃあ、ロープか何かで手足を縛って」

「残念なことにここにはロープも紐《ひも》もない」

「作ればいいわ。服を細く裂いて、それを束ねて……」

「そんな辛気臭《しんきくさ》いことしてられるか！　あいつはもうかなり遠くまで行ってしまったのかもしれないんだぞ」

「じゃあ、馨を探しにいくのにわたしも連れて行って。そうすればずっと見張ってられるわ」

「山道を子供連れで歩けってか？　それこそおまえらの思う壺《つぼ》だ。つべこべ言わず観念しろ‼」犯人はわたしの顔を抑えつけて瞼《まぶた》に指を押し当てた。

「ひい！」わたしはめちゃくちゃに暴れ捲《ま》くった。

「畜生‼ そんなに暴れたら、手元が狂って顔中ぐちゃぐちゃになっちまうぜ‼」

犯人は脅して静かにさせようとしていたんだろうけど、わたしは構わず暴れつづけた。目を抉り取られたら、取り返しが付かないもの。

「ええい。じゃあ、目は止《や》めてやるよ」

わたしは安心して一瞬、力を抜いた。

犯人はわたしの足首を摑むと宙吊《ちゅうづ》りにした。スカートが顔にかかって、犯人が何をしているか、わからなかった。

右膝《ひざ》の後にひやっとした感覚があった。火を押しつけられるような燃える感覚に変わった。わたしは暴れようとしたけれど、宙吊りになっているので、体をぶらぶらと揺するのが精一杯だった。

足の痛みは耐えられない程になった。わたしは絶叫した。何かが膝の裏側に突き刺さっていることがわかった。その鋭い形がわたしの足の中で動き、膝の関節をばらばらにしようとしていたの。

「糞っ‼ うまく力が入らねえ」

わたしは頭から床に落下した。首が変なふうに捩《ねじ》れ、全身に電流が流れたような気がした。

犯人はわたしの体をうつ伏せにして、わたしの足を自分の膝で押さえつけた。また、炎の痛みが戻って来る。

わたしはなんとか体を捻って、自分の足に起こっていることを見た。

わたしの膝の裏側にナイフが突き刺さっていた。それを犯人が力任せに動かして、足を切り開こうとしていた。

わたしは繰り返し絶叫した。「お願い。わたしの足を切らないで！」

「心配するな。足を切り落とそうってんじゃねえ。ただ筋を切るだけだ。これで二度と歩けなくなる」

あまりの痛みでわたしは暴れることもできなくなった。息をすることもできない。

犯人はナイフに体重をかけた。ずぶずぶと刃が入り込み、不思議な音がした。

「切れたのかな？　おい。おまえ、足を動かしてみろ」

わたしには足を動かす気力は残っていなかった。

「動かそうとしてるのか？」

わたしは返事をすることもできなかった。

「仕方ねえな」

足がすっと軽くなった。ナイフが抜かれたのよ。血が勢いよく噴き出して、床が真っ赤に染まったわ。

突然、別の痛みが足を襲った。まるで、足首が爆発したような感じだった。

「足首にナイフを刺しても動かないってことはちゃんと筋は切れてるみたいだな。念のため、こっちの足にもっと……」

左足に痛みが走った瞬間、わたしは反射的に足を蹴るような動作をしてしまった。ナイフは宙を飛び、馨のすぐ近くに落ちた。

わたしは唇を噛《か》み締め、声を上げるのをなんとか我慢した。

馨、頑張って。今ばれたら、何もかも水の泡よ。

犯人はゆっくりと歩いてナイフを拾った。

馨は息を殺しているようだ。

そう。わたしのことは気にしないで。

犯人は気付かずに戻って来た。「なるほど当然こっちの足はまだ動くってことだな」

今度は左足が押さえつけられた。

なんとか耐えなくっちゃ。これが終わればあいつは馨を追い掛けて、外に出て行くはず。わたしはもう歩けないけど、馨が逃げ出せれば助けを呼んでもらえる。馨も怖いだろうけど、もう少し頑張るのよ！

でも、それは到底耐えられるような痛みじゃなかった。わたしは声がかれるまで叫びつづけ、挙句の果てに胃の中のものを何もかも吐き出してしまった。

「けっ！　汚ねえな。後でちゃんと始末しとけよ。自分のことは自分でやるんだ。もちろん、この血もな」犯人はわたしの足をねじ切るようにして、ナイフで膝の中をめちゃくちゃにかき回した。「こんなもんかな」

両足から泉の様に血が流れ出していた。

大丈夫。こんなことでは死んだりしない。絶対に死んだりしない。そうに決まってる。病院に行けばこの足も治る。きっと治る。

犯人はわたしのスカートの裾《すそ》でナイフの血を拭って、ポケットに突っ込んだ。「これで安心だ。俺が小屋から離れても、おまえは逃げられない。馨をとっ捉まえたら、そいつも同じ目にあわせてやることにするぜ。そうすりゃ、ぐっすり眠れる」

犯人は鼻歌を歌いながら、小屋から一歩足を踏み出した。

ついにこの時が来た。でも、まだよ。もう少しあいつが小屋から離れるのを待って、そして……。

犯人の動きが止まった。

わたしは血の海にうつ伏せになったまま、息を呑《の》んだ。

大丈夫。気付かれたはずはないわ。

「ちょっと待て。何かが引っ掛かる」犯人はゆっくりと振り返る。「おい。馨はどうやってこの小屋から出たんだ？」

「……言わない」わたしは息も絶え絶えになって言った。

犯人は小屋の中に戻ってわたしの足を踏み付けた。

わたしは体をのけ反らした。

「言え。馨はどこから出ていった?」

「そこの……出口からに決まってるじゃない」

「嘘だ。俺はずっと出口の前で眠っていた。そこから出たのなら、絶対に気付いたはずだ」

「ぐっすり眠っていたから気付かなかったのよ」

「俺は眠る前にドアの隙間に泥を塗っておいたんだ。もしドアを開けたのなら、泥は崩れていたはずだ。だが、泥はそのまま乾いていた」

わたしの位置からドアはよく見えなかった。だから、犯人が本当のことを言ってるのか、かまをかけているのか、判断できなかったの。

犯人はさらに体重を掛けてきた。「さあ、本当のことを言え」

「ひょっとしたら窓から逃げたのかも」わたしはあまりに痛くて頭が回らなくなっていた。

「おまえらの背の高さで窓から逃げられるものか」

「馨は体育が得意だったから……懸垂の要領で……」

「そんな力があったら、おまえを引き上げて一緒に逃げたはずだ」犯人は窓枠を眺めた。

「おまえが肩車をしたら、出られないことはないかもしれない。そうしたのか?」

「そうよ。わたしが窓から逃がしたの。だから足をどけて」

犯人には足を上げる気はなかったようだ。「どうも腑《ふ》に落ちない。窓の外はすぐ崖になっている。外に立てる余地はない」

「わたしたちの背では窓のすぐ下はよく見えなかったの」

「そうだな。でも、窓枠に上った時点で気付くはずだ」

「一《いち》か八《ばち》か飛び降りたの!」わたしは叫んだ。

「そうかもしれない。だとしたら、馨はこの下でくたばってる可能性が高い。でも、もしそうじゃなかったら? ……どうした。顔色が変わったな」

「足が痛くて……」

犯人はわたしの言葉を無視して、こめかみに指を当て目を瞑った。

これが最後のチャンスかもしれない。次にあいつが目を開ける時には何もかも気付かれた時かもしれない。でも、今なら、あいつが目を瞑っている今ならほんの少しの可能性がある。

わたしは馨に合図を送ろうとした。しかし、馨はわたしを見ていなかった。

犯人は目を開いた。「なるほど。そういうことか。謎はすべて解けた!」

「謎ってなんのこと?」

「最近の子供はよく悪知恵が働く。もう少しで騙されるところだった」犯人はわたしの足から降りた。「馨の姿が見えないので、俺はあいつが逃げ出したと思い込んでいた。だが、それがおまえたちの手だったんだ。この小屋からの出口は二つ。ドアと窓だ。そして、ドアの前には俺が眠っていたし、窓の外は断崖《だんがい》だ。出口は二つとも塞《ふさ》がっていたということだ。つまり、ここは密室だったんだ」

わたしは口を開きかけた。

「俺が気付かなかったとか、窓から飛び降りたとかいう戯言《たわごと》はたくさんだ」犯人は勝ち誇ったように言った。「出口がないところからは出ることはできない。これほど確実なことはない。馨はこの部屋から出なかったんだ。では、馨はどこに行ったのか? 蒸発しちまったのか? とんでもない。やつはここに隠れている」

わたしの体からがっくりと力が抜けてしまった。

万事休すだわ。

「では、どこに隠れているのか? 一見すると、この部屋には隠れるところはないようだ。でも、一つだけ方法があったんだ。隠れる場所がない時、どうやって隠れる? 簡単だ。隠れるための場所を作ればいい。もし地面があるなら、穴を掘ればいいし、押し入れがあったら、中の布団をほうり出せばいい。そして、土や布団は窓からぽいだ。だが、この小屋の中には地面も押し入れもない。俺が眠っている間に壁や天井に子供の力で穴を開けることはできない。もちろん、食い物の陰に隠れることもできない。たった一つの可能性──それはおまえらの仲間の死体だ」

馨はその瞬間、すっくと立ち上がった。身には幸子の服を纏《まと》っていた。そして、戸口に向かって、走り出そうとした。

だが、犯人は馨よりも遙《はる》かに素速かった。馨の腕を握ると、そのまま床の上に引き摺り倒《たお》した。

「まさか、自分の友達の死体を素っ裸にして、窓から捨てるとはな。全く呆《あき》れたもんだ」

「誘拐犯にそんなこと言われたくない‼」

「黙れ、糞餓鬼！　おまえらにはほとほとうんざりなんだよ。どうして俺がおまえらを相手に探偵ごっこなんかしなくちゃならねえんだ？」犯人は膝で馨の鳩尾《みぞおち》を蹴った。

「うっ！」馨は腹を押さえて蹲《うずくま》った。

「どうやって、死体を窓まで持ち上げたんだ？」

「二人掛りでなんとか頑張って……」馨が苦しげに言った。

「なるほど。二人でやりゃあ、できるかもな。おまえの服は？　幸子の死体に着せたのか？」

「ちゃんとは着せてない。手足に絡めるようにしただけ」

「そして、死体が着てた服を自分が着たわけか。まったくたいした神経だぜ。死体の服だぞ。薄気味悪くないのか?」犯人は馨の髪の毛を摑み、引っ張り上げた。

馨は犯人を上目遣いに睨み、何も答えなかった。

「さて、どうしてやろう? こんなことをしたお仕置きをしなくっちゃな」犯人は邪悪な笑みを浮かべた。「恵美の方は足の筋を切ってやったから、まあいいだろう。馨はどうしようかな?」

「馨は悪くないわ。わたしの考えた作戦だもの」

「誰が考えたかということは重要じゃない。おまえたちは二人して俺を引っ掛けようとした。これは絶対に許されないことだ。上下関係ははっきりさせとかなきゃな」犯人は馨の喉に手を掛けた。「おまえには死んでもらう」

馨は暴れ出した。でも、犯人の指はもう馨の喉に食い込んでいた。馨は口から泡を噴き出した。

「やめて!! 罪が重くなるわ!!」

「仕方がない。俺はずっと起きておまえらを監視するわけにはいかないんだ。二人より一人の方が見張りやすい。二人とも生かしておいて逃げられたら、元も子もない。背に腹は代えられないもんな。それに身代金をとるのには一人いれば充分だしな」

「馨も足の筋を切ればいいわ」

「また残酷なことを言ってくれるね。友達を窓から捨てただけのことはある」

「お願い」

「駄目だ。歩けない餓鬼を二人も面倒を見るなんてご免だ。それに俺はこいつを殺すことに決めちまったもんでね」

馨の手足から力が抜け、だらりと垂れ下がった。ぴくぴくと力なく痙攣《けいれん》していた。

「おやおや。呆気《あっけ》ないな。もうお終いみたいだぞ」犯人は指にさらに力を込めた。

馨は白目を剝《む》き、それっきり動かなくなった。

「一丁上がり」犯人は馨の喉から手を離した。馨の頭が床にぶつかり、鈍い音を立てた。

「さてと」犯人は一仕事終えたと言わんばかりに両手をぱんぱんと叩いたわ。「恵美、やっと二人きりになれたね」犯人は大声でげらげらと笑った。

「きっと報いが来るわ」

「はてさて、どんな報いかな？　俺に報いが来るなら、おまえにも来るぞ。おまえは友達を裸にして、窓から捨てた。そして、おまえの立てた下手な作戦のせいでもう一人の友達まで死んじまった。それに」犯人はわたしに顔を近づけた。「親にも言えないようなことをしたんじゃないのか？」

わたしは犯人に殴りかかった。でも、すぐに両腕を摑まれ、床に押しつけられた。

「どうやら、まだお仕置きが足りないようだな。仕方のない子だ」犯人はまたナイフを取り出した。「今度は腕の筋を……」犯人の言葉が止まった。戸口を見詰めている。目を見開き、ぽかんと口を開けている。手からナイフがぽとりと落ちた。何か言葉にならない声を上げ、床の上に尻餅をついた。両手で床を押して後退ろうとしていた。

わたしは戸口を見た。声が出なかった。そこには襤褸《ぼろ》雑巾《ぞうきん》のような塊があった。なんだか人の形のように見えた。もしそれが人だとしたら、ずいぶん奇妙な恰好《かっこう》だった。全身酷い怪我をして血塗《ちま》れな上に殆ど全裸で手足に馨の服を巻きつけていた。両手とも骨がないみたいにぶらぶらしていたし、脇腹からは骨が飛び出していたし、お腹や首には枝が突き刺さっていた。胴体も変なふうに曲がっていたし、頭の形もおかしかった。そして、顔はどこに目鼻があるのかもわからないぐらいにつぶれていた。

「ひっひゃひゃひゃひゃひゃひゃ‼」犯人は叫んだ。「違う。違う。殺す気はなかったんだ」ばたばたと手足を床に叩きつけるだけで、どちらにも進まなかった。と、突然、逃げるのを諦めて、わたしを指差した。「こいつだ。こいつ。止《と》めを刺したのはこいつだ」

幸子はわたしの方を見ていなかった。ううん。見ていたのかもしれなかったけど、わたしには幸子がどこを見ているのかなんてわからなかった。幸子はただゆっくりと犯人の方に歩いていったの。

「く、来るな。来るな」犯人は何度も立ち上がろうとしたけれども無理だった。

幸子が犯人の上に覆い被さった。

犯人のズボンが膨れ上がった。水のようなものが染み出してきた。犯人は泣きじゃくり、手足をめちゃくちゃに振りまわした。

幸子は投げ飛ばされ、そしてもう動かなくなった。

犯人はまだ声を上げて泣いていた。顔を手で覆っている。

わたしは床の上のナイフを拾い上げ、血と泥とおしっこに塗れた床の上をずるずると這《は》い進んだ。そして、犯人の胸とお腹の間を狙って、ナイフを叩き込んだの。ナイフはすっと犯人の体に根元まで吸い込まれてしまったわ。

犯人は震えながら、顔から手を離した。そして、びっくりしたような目でわたしを見て、ナイフを抜こうとした。でも、半分も抜けないうちに口から血を吐いて、目を瞑ったわ。

わたしと言えば、もうどうでもよくなって、どうせ歩けないから、ここにいようと思ったの。そのうち食べ物はなくなってしまうだろうけど、そうなったらそうなったでいいと思ったの。

わたしの話はこれだけよ。

「ちょっと待ってくれよ。それじゃあ、まるで……」僕にはなかなか言葉が見付からなかった。「まだ終わっていないみたいじゃないか」

「そうよ」恵美は顔を上げた。頬には乾いた血がこびり付いていた。「まだ終わってないの」

「まさか。そんな……」

恵美は僕の頬に両手を当てた。「思い出すのよ。あなたは誰？」

「僕は……僕は……。嫌だ。そんなことは思い出したくない」

「あれからあなたは何もわからなくなってしまった。わたしはそれでもいいと思っていた。わたしは毎日何も応《こた》えないあなたに話し続けたのよ。そうやって、自分を慰めていたの。それがさっき、あなたは突然、わたしに応えたの」

「僕たちはずっとここにいた……」

「そう。ここにいた。わたしはあなたの心が戻ったんだと思った。でも、あなたは自分のことも知らなかった」

「嘘だ。今の話は全部嘘だ」

「嘘じゃないわ」

「何か証拠はあるのか？」

恵美は溜め息をついた。「見えているはずなのに、見ようとしていないのね。部屋の中に二人がいるわ」

「僕と君のこと？」

「床の上で動かない二人のことよ」

証拠はそこにあった。なぜ今までそれに気付かなかったのか、自分でもわからない。

僕の心はいっきに溶け出した。

自分の体を見下ろす。酷い有様になっていた。

「ここから出よう。山から降りるんだ」

恵美は首を振った。「わたしはここにいる。わたしはたくさんの罪を犯してしまったから」

「恵美は何も悪くない」僕は恵美の肩に手を置いた。「さあ、ここから出よう」

「だめなの。もうこの足は駄目だと思う」

「僕の肩に摑まるんだ」

「わたしを運ぶなんてとても無理よ」

「ここにいては駄目だ」僕は突っ伏して泣いてしまった。

恵美は僕の頭を優しく撫でた。「泣かなくてもいいのよ。あなたは許されたのだから」

「許された？」僕は顔を上げた。

「きっと、許されたから、心が戻ったのよ。もう山を降りてもいいってことだわ」

「だったら、恵美も許されたんだ」

「そうだったら、どんなにいいかしらねえ」恵美は悲しい笑みを浮かべた。

僕は血塗れの袖《そで》で涙を拭った。「僕は山を降りるよ。そして、助けを連れてここに戻って来る」

「そうしたければ、そうしてもいいわ。わたしはどっちでもいいから」そう言うと、恵美は静かに目を閉じて、横になった。

僕は立ち上がる。頭の中の霧はまだ晴れてはいない。

僕はドアを開けた。

そして、暗い森へと足を踏み出した。

双生児

ホームから転落した女性、
通過電車にひかれ即死

五日午後四時三〇分頃、雅宙摂津《まさちゅうせつつ》県鳴呼嚙無《ああかむ》市の御簾過渡肉《みすかとにっく》駅でホームからAさん（一九）が転落し、当駅を通過する電車にひかれ即死した。

御簾過渡肉署によると、転落の直前Aさんは妹のBさん（一九）とその知人の男性Cさん（二〇）と口論の後、揉み合いになった。Aさんは Bさんに摑み掛かろうとし、Bさんがそれを避《よ》けたはずみで転落した模様。

同署は、事件性はないとみている。

別に解決策を相談している訳でもないし、なんとかしてわたしを助けてって言ってる訳ではないの。

ただ、わたしの話を聞いて欲しい。それだけのことよ。真帆《まほ》は真剣な眼差しで言った。

もちろん聞いて貰《もら》ったとしても、何かが変わる訳ではない。きっと気持ちが楽になることもない。それどころか、あなたを嫌な気持ちにさせるだけなのかもしれない。

でも、誰かに話さずにはいられない。

だから、この話を聞いたらすぐに忘れても構わないし、ただの作り話だと思って貰っても構わないの。

あなたは自分が何者か知ってる?

ええと。別に哲学的なことを言ってる訳じゃないわ。

たいていの人は自分のことを「鈴木太郎」とか「田中花子」だとか、姓名と結び付けて考えている。もし、名前がなかったら、どうかしら? 名前があろうとなかろうと、わたしはわたしだし、あなたはあなた。仮令《たとえ》、名前を変えたとしても他の誰かになったりはしない。

でも、わたしたちの脳は名前と存在それ自身を強く結び付ける特性を持っている。つまり、「わたし自身」と鴨川《かもがわ》真帆が同一であると認識しているの。こう説明している今この時も「わたし自身」という言葉とあなたの目の前にいて今喋っているこの存在とを結び付けている。

もちろんそれはどうしようもないこと。名前と事物をリンクさせることによって、人間は言語で思考することが可能になる。そもそも「思考」自体、脳内のイメージと外界に存在する実体をリンクさせなければ実現しない。

もちろん、渾名《あだな》や芸名や筆名は本名以外を使うこともあるし、改名することもあるけど、だからと言って、別の人間になったりはしない。名前がなくなるのではなく、単にリンクを張り直すだけ。鈴木太郎という同一人物でも、家族は「太郎」という名前とリンクさせ、友達は「鈴木」という名前とリンクさせる。他人の頭の中では、同じ人間なのに別々の名前でリンクされていることがあるけれど、それも実質的には同じこと。それぞれの脳の中では矛盾《むじゅん》なく、結び付いているから。

話が脱線してしまったけれど、わたしが言いたいのは、人間にとって名前はとても重要だということ。人は生まれると名前を付けられる。名前を付けることによって、他人と区別することができる。やがて、自分の名前を意識する。そして、自分は他人とは違う唯一無二の存在であることを理解する。

でも、わたしの場合は少し違っていた。

正確に言うなら、わたしと「嘉穂《かほ》」の場合は。

物心がついた頃は特に不思議に思わなかった。

目の前にいるのはわたしと同じ存在。同じ顔、同じ姿をしていた。当然ながら、両親はわたしたちを分け隔《へだ》てなく育てた。

わたしたちはあらゆるものを共有していた。

服も、食器も、歯ブラシも、玩具も、両親も、家具も、絵本も、髪飾りも、部屋も、靴も。

そして、名前も。

両親はある時はわたしを「真帆」と呼び、彼女を「嘉穂」と呼んだ。そして、別の時にはわたしを「嘉穂」と呼び、彼女を「真帆」と呼んだ。

「真帆」と「嘉穂」は、わたしと彼女の共通の名前だった。なんの不思議もなかった。何もかも一緒なのだから、名前も共有して何が悪いのだろう。

不思議なことと言えば、わたしが「真帆」の時、彼女は決まって「嘉穂」になり、わたしが「嘉穂」の時、彼女が「真帆」になること。二人が同時に「真帆」になったり、「嘉穂」になったりすることは決してなかった。

ある時、ちょっとした混乱があった。母はわたしたちを連れて買い物に出掛けようとして、わたしに呼び掛けた。「嘉穂ちゃん、早くしなさい。……ああ。ごめんなさい。真帆ちゃんだったわね」

わたしはきょとんと母を見上げた。「嘉穂ちゃんでもいいよ」

「何言ってるの。真帆ちゃんは真帆ちゃんじゃない」母は美しい微笑を見せた。

わたしは母が何を言っているのか、本当に理解できなかった。理解できるようになったのは、それから何年も経ってからだった。

わたしたちは幼稚園に通い出した。わたしはたいていの子供は双子ではないのだということを知った。他の子供たちは一人で一つの名前を持っていた。わたしたちのように二人で二つの名前ではなかったのよ。

でも、そのことに違和感はなかった。わたしたちは二人で服や名前を共有する特別な存在なのだと思っていたから。

最初、先生たちはわたしを「真帆」と呼んだり、「嘉穂」と呼んだりした。なんだか恐る恐る探るような呼び方だった。そして、時たま「嘉穂……ごめんなさい。真帆ちゃんよね」と言うこともあった。

「どっちの名前でもいいよ」わたしは正直に言った。

先生たちは決まって笑った。

わたしは意味がわからず、何度も同じことを言った。

やがて先生たちは笑わなくなった。

それでもわたしは同じことを言い続けた。

ある時、担任の先生が言った。「真帆ちゃん、もうそんなこと、言わなくていいから」

「どうして？　なぜ言わなくてもいいの？」

「もうわかったから。冗談はあまり繰り返すものではないのよ」

「でも、本当のことだもん」

「止《や》めなさい、冗談にならなくなるから」先生は真顔になった。「あなたは真帆ちゃん。いくら双子でも、別々の子なのよ」

わたしは先生の目が怖かったので、それ以上反論はしなかった。納得した訳ではなかったわ。わたしは真帆で、そして嘉穂。二つともわたしと彼女の名前なのだもの。名前は二つとも大好きだった。

だけれども、いつの間にかわたしは「真帆」としか、呼ばれなくなった。幼稚園の先生だけじゃない。両親もだった。

「どうして、わたしのこと、『嘉穂』って言わないの？」わたしは思い切って、尋ねてみた。

「あなたは『真帆』だからよ」母は答えた。

「じゃあ、今はこの子が『嘉穂』なの？」

「今だけじゃなくて、ずっとよ。今までも、これからもずっと」

「どうして、わたしは『嘉穂』じゃないの？」

「真帆ちゃんは、『嘉穂』って名前の方がよかったのかい？」父が笑顔で言った。

わたしは少し考えて言った。「どっちでもいい」

「だったら、『真帆』でいいってことだよね」

「でも、時々は『嘉穂』がいいな」

「真帆ちゃん、名前というのは一人に一つと決まってるのさ。真帆ちゃんと嘉穂ちゃんの名前が入れ替わったりしたら、ややこしいだろ。それでなくても、二人はよく似てるんだから」

「……うん」わたしは父の言葉に納得できなかったが、あまりに幼な過ぎ、反論の術《すべ》を持たず、頷くしかなかったのよ。

「ねえ、真帆ちゃん」ある日、わたしは彼女に呼び掛けた。

「わたしは『嘉穂』よ」彼女は言った。

「どうして？　今はわたしが『嘉穂』じゃ駄目なの？」

「だって、お父さんが言ってたもの。名前は一人に一つだって」

「だって、前は違ってたもん。どっちの名前だっていいんだもん」

「お父さんはわたしが『嘉穂』だって言ってたもん。だから、わたし、これからずっと『嘉穂』よ」

「じゃあ、もうわたしは『嘉穂』になれないの？」

「そうよ。だって、お父さんが言ったんだもん。これからは、真帆ちゃんがずっと『真帆』なの」

「ふうん。なんだか変ね」

「何が変なの？」

「わたしが『真帆』って、誰が決めたの？」

「お父さんとお母さん」

「いつ決めたの？」

「知らないわ」

「最初は決まってなかったよね」

「でも、もう決まったんだから」

「嘉穂ちゃんはそれでいいの？」

「それでいい。真帆ちゃんは嫌なの？」

「……わからない。でも、変な気がする」

「嫌じゃないんだったら、いいじゃない」

「……わかった」

でも、わたしはわかってなんかなかった。どうして、今まで共有していた名前が一つに決められてしまうのかしら。

わたしは、とりあえず納得したように振る舞い、そして時々、この話を蒸し返して、両親や嘉穂を困らせた。

しかし、そういうこともしだいになくなっていった。納得した訳ではないのよ。ただ、だんだんと忘れていったの。自分が嘉穂と呼ばれていたことを。いつしか、「嘉穂」と呼ばれても自分のことだと感じなくなっていた。

小学校に入った頃、両親はわたしたち姉妹に二匹の仔犬を買ってくれた。それぞれに一匹ずつということだったんだと思う。仔犬たちはマルとカルと名付けられた。二匹はとてもよく似ていた。わたしは注意深く二匹を調べて違うところを探した。小さな斑点、爪の形、舌を出す時の癖……。わたしは違いをいくつも見付けた。だから、わたしにとって、二匹を区別することはとても容易《たやす》かったの。まるで、自分たちを区別する時のように。

そして、数年が過ぎ、わたしたちは思春期の入り口に差し掛かっていた。

その日、わたしと母は家にいた。母はマルを撫でながら言った。「カルちゃん、最近、毛並みが綺麗ね」

「嫌ねぇ。お母さん、それはマルよ」わたしはなぜか強い不安に襲われた。

「あらそうなの？　凄く似ているからわからなかったわ」

「嘘！」わたしは咎《とが》めるような口調で言ってしまった。

「あら、怒ったの？」

「本当はわかってたんでしょ」

「わかってた訳ないじゃない。だって、二匹はとても似てるんだもの」

「全然違うわ。だって、ほらここに模様があって、尻尾が左にくるりと曲がっているし……」

「真帆はとっても注意深いのね」

「注意深いとかじゃなくて、当たり前だわ。だって、マルとカルは家族じゃない。お母さんはマルとカルが可愛くないの？」

「そりゃ、可愛いわよ。でも、わたしには区別するのは無理よ」

わたしは軽い吐き気を覚えた。

可愛くても、区別するのは無理？　どういうこと？

「どうしたの？　顔色が悪いわよ」

部屋のドアが開いた。

「あら、嘉穂帰ってきてたの？」

「うん」彼女は快活に答えた。「おお。可愛い子がいる。ええと、この子、カル？　マル？」

「マルだって、真帆が言ってたわ」

「さすが、真帆、愛情が深いんだから」

違う。そんなはずはない。区別は簡単にできる。

「嘉穂、冗談よね。この子がマルってことはわかってるよね」

嘉穂はマルを抱き上げて、頬ずりした。「うん！　この子はマルだ。間違いない！」

「冗談めかして言わないで！」

「どうかしたの、真帆？　怒ってるの？」

「だって、わからない振りするんだもの！」

「誰もが真帆みたいに注意深い訳じゃないんだってば」

「でも、マルに『カル』って呼び掛けたり、カルに『マル』って呼び掛けたりしたら、混乱しちゃうじゃない」わたしはそう言いながら自分の言葉に衝撃を受けたの。

えっ？　混乱する？　誰が？

「そんなこと、気にしちゃいないわよ」彼女は呆れたように言った。

「嘉穂、ちょっと待って。覚えてない？」わたしは目を見開き、両手で頭を押さえた。

「覚えてるって。これはマルよ。時々、わからなくなるけどだいたいは勘で当たってるわ」

「そうじゃないの。その、わたしたちのことなの」

「わたしたちって？」

「わたしと嘉穂のこと」

「わたしたちがどうかしたの？」

「時々、わからなくなってた」

「なんのこと?」

「どっちがわたしで、どっちが嘉穂か」

「まさか」彼女はけたけたと笑った。「自分がわからなくなるって、そんな訳ないじゃない」

母も笑った。

わたしは彼女の瞳を見詰めた。

本当に忘れてしまったの? それとも、忘れた振りをしているだけ?

「もし、わたしが注意してなかったら、どうなってたと思う?」

「なんの話?」

「みんなはマルとカルを取り違えてたんじゃないかしら?」

「う〜ん。それはどうかな?」

「ちゃんと区別が付いた? 自信ある?」

「お母さん、どう?」彼女は母に尋ねた。

「わたしは無理かもしれないわ。だって、マルとカルはそっくりなんだもの」

「そんな……」わたしは絶句した。

「お母さんが自信ないなら、わたしも間違えるかもしれない。少なくとも、お父さんは確実に区別が付いてないわ」

「お父さんは、区別が付いてないというか、区別する気がないのよ。適当に『マル』とか、『カル』とか、呼んでおけばいいと思ってるから」母が言った。

「そんな酷《ひど》い……」

「酷いって、なんで酷いの？」彼女は目をぱちくりして言った。

「だって、この子たちは別々だもの。マルはマルだし、カルはカル。おんなじじゃない」

「そんなこと、この子たちは気にしてないって」

「どうしてわかるの？」

「どちらも同じ家で、可愛がって貰えて、幸せに暮らしているのに、名前ぐらいどうだっていいじゃない」

本当に？　本当にそう思っているの？

「だって、自分が誰かわからないじゃない」

「犬は自分が誰かなんてわかってないから、名前が入れ替わったって、どうってことないわ」

だって、自分が誰かわからないじゃない。

その言葉はわたし自身の心に響いた。

わたしは自分が誰かわかっているの？

わたしはわたし。それは間違いない。だけど、それだけでいいの？　わたしが本当の真帆だって、誰が証明してくれるの？

「そもそもマルとカルの名前付けたのって誰だっけ？」彼女は言った。「真帆？」

わたしは首を振った。

「じゃあ、お母さん？」

「わたしじゃないわね」

「だったら、お父さんだ」彼女はけたけたと笑った。

「何が可笑《おか》しいの？」

「だって、お父さんが名前を付けたとしたら、そもそもどっちがどっちかわからないじゃない」

「どういうこと？」

「お父さんの性格だと『マル』とか『カル』とか名前を付けたとしても、仔犬の特徴なんか全然気にしてなかったと思うわ」

「そうそう。お父さんはそんな人よ」母も賛成した。

「だから、名前を付けた時にはまあ、適当に『こっちがマルで、こっちがカル』という具合に付けたんだと思うのよ」

「まあ、それは仕方がないけど……」

「それで、まあわたしたちを呼んで、『おい。犬の名前はマルとカルだ』って、宣言したって訳よ」

「そんなんだったっけ？」

「よくは覚えてないけど、きっとそんな感じだったはず。そう言う真帆は覚えてる？」

「残念だけど、覚えてないわ」

「でもまあ、真帆のことだから、こう訊いたはずだわ。『お父さん、どっちがマルでどっちがカル？』」

「それは当たり前のことだと思うけど……」

「で、お父さんはその場で適当に『こっちがマルで、こっちがカル』だと言ったんだわ。そこで、神経質な真帆は二匹をよく見比べて、違いを探したのよ。もちろん、その時点で区別できるのは真帆だけだった。これが何を意味しているかわかる？」

「家族の中でわたしが一番注意深いってこと？」

「マルとカルの名前が決まったのは、真帆が名前を知った瞬間だということよ。それより前はどっちがマルでどっちがカルかは決まってなかった」

「でも、お父さんが名前を付けたのは、その前よ」

「お父さんは二匹の区別なんか全然付いてなかったんだから。だから、真帆に教えるまでは、二匹の名前は結構入れ替わってたはずよ」

「そんな、いくらなんでも……」

「マルとカルの名付け親はお父さんで間違いないと思うけど、それぞれの名前とそれぞれの仔犬を繋ぎ合わせたのは、真帆だったってこと。これは間違いないわ」

「じゃあ、この子がマルだというのはわたしが決めたってこと？」

「真帆が決めた訳じゃない。正確に言うと、偶然決まったのよ。きっと、お父さんは籤引《くじ》きを引くか、サイコロを振るような感覚で、『こっちがマル』って指差したんだわ」

「まさか」

「それを『まさか』と思う感覚がまさかだわ。ねえ、お母さん」

「ええ。たぶんその通りよ」

「じゃあ、つまり」わたしは息が詰まりそうになった。「このマルが本当はカルだったかもしれないってこと？」

「だから、そういうのは意味ないんだって、今はこの子がマルなんだから、本当も何もないのよ」

「でも、最初に『カル』って、名前を付けられたんなら、本当はカルのはずだわ」

「だから、そこ拘《こだわ》ってどういう意味があるの？」

「意味とかじゃなくて、名前を大事に思うのは当たり前じゃない」

「別に名前を粗末にしろって言ってるんじゃないのよ」

「だって、この子はカルなのか、マルなのかわからないのよ！」わたしは泣きそうになった。

「だから、『マル』とか『カル』とかは記号なのよ。この仔犬の実体とはなんの関係もないんだって」

わたしは黙り込むしかなかった。

数日後、彼女と二人きりになった時、思い切って打ち明けてみた。

「わたしたち時々入れ替わってたわね」

「何言ってるの？　ドラマの中の双子とかはよくやるけど、わたしたちそんなふざけたことした？」

「わたしたちがやったんじゃない。お父さんとお母さんよ。わたしたち、毎回違う名前で呼ばれてた」

彼女は溜め息を吐《つ》いた。「そんなこと気にしてるの？　あの二人の性格だったらそんなこともあるんじゃない？」

「そんな簡単なことじゃない」

「どう複雑だというの？」

「二人の名前が決まり出したのはいつぐらい？」

「幼稚園に入ったぐらいから間違わなくなったんじゃない？」

「間違いとか、そういうことじゃない。わたしたちはどちらがどっちか決まってなかったのよ」

「どっちって何よ？」

「どちらが『真帆』か『嘉穂』か決まってなかったってこと」

「そんな大げさな」

「大げさでもなんでもないわ」わたしはアルバムを見せた。「これを見て」

「これが何か？」

「小さい頃の二人の写真がたくさん貼ってあるわ」

「知ってるわよ」

「どの子が真帆で、どの子が嘉穂か、わかる？」

「だいたいわかるわよ。中には怪しいものもあるけど。それが何か？」

「この子はどっち？」わたしは一枚の写真を指差した。

「ええと……わたし？」

「この子はわたしよ。右の目尻と眉の形を見て」

「まあ、そう言われるとそうかもね」

「わたしは二人の違いを熟知しているの。だから、殆《ほとん》どの写真は言い当てられる。もちろん中にはわからないものもあるけど」

「わたしにはとても無理だわ。でも、そんなこと意味あるの？」

「わたしね。お父さんとお母さんに訊いてみたの。いくつかの写真を見せて、この子は誰かって」

「わからなかったんでしょ」

わたしは頷いた。「それがどういうことかわかる？」

「一卵性双生児はそっくりで区別しにくいってこと？」

「自分の子供の写真なのにどの子なのかわからないのよ！」

「あら。双子じゃなくたって、兄弟がいるところはどこもそんなもんじゃないの？　日付が入ってなかったら、誰の写真かわからないって話を聞いたことがあるわ。同性の兄弟だけじゃなくて、兄と妹でも区別付かないって」

「一卵性双生児とただの兄弟では全然違うわ。双子じゃないなら、写真で区別できなくったっていいでしょ。現実には年齢が違うのだから、区別できない訳がない。性別が違うのならなおさら。でも、一卵性双生児だったら？　写真で区別できないんだったら、現実でも区別できなかったと思わない？」

「まさか。それは飛躍し過ぎ」

「でも、それは現実だったの。嘉穂も覚えてるでしょ。お父さんもお母さんも二人の区別はできなかった」

「まあ、時々は間違ったこともあったけど……」

「時々じゃない。いつもよ。わたしを『真帆』と呼んだり、『嘉穂』と呼んだり、全く一貫性がなかった。固定し出したのは幼稚園に入った頃から。覚えてないとは言わせないわよ」

嘉穂はしばらく黙っていたが、ぽつりぽつりと話し出した。

「そうよ。わたしも気付いていた。お父さんとお母さんはわたしたちの区別ができなかった」

「やっと、認めたのね」

「認めたからどうだっていうの？」

「どうもこうもないわよ。大問題じゃないの！」

「何が問題だというの？」

「自分が何者かわからないってことになるじゃない」

「ええ。確かにお母さんたちはわたしたちの区別が付かなかった。でもね。わたしたち自身はそうじゃないわ。自分が誰かはわかっている」

「本当？　自分が嘉穂なのか真帆なのか自信を持って言える？」

「それは単に名前のことでしょ。真帆と呼ばれようが嘉穂と呼ばれようが自分は自分よ」

「そんなことで納得できるの？　本当はわたしが嘉穂であなたが真帆かもしれないのよ」

「もし猫のことを『犬』と、犬のことを『猫』と呼ぶ村があったとして、その村では猫は犬になるのかしら？」

「犬は自分のことを『犬』だとは知らないから」

「赤ん坊だって、最初は自分の名前を知らないわ。成長するにつれ、自分の名前を覚えるの。最初から名前が決まっている訳じゃないの。わたしたちもおんなじよ。物心が付いてから知った名前が自分の名前。それでいいじゃない。赤ん坊の時になんて呼ばれていたかなんてどうでもいいわ」

「そういうことを言ってるんじゃないの。わたしたちは生まれた時から別々の人間だった。そうでしょ？」

「当たり前よ」

「でも、お母さんたちはわたしたちを区別できなかった」

「まあ、そうかもしれないわね」

「でも、最初に名前を付けた時、『この子は真帆。この子は嘉穂』って、一人ずつに名前を付けたんだと思うの」

「まあ、そうかもしれないわね」

「だったら、その時に『真帆』と名付けられた方が本当の真帆で、『嘉穂』と名付けられた方が本当の嘉穂ってことになるでしょ」

「まあ、そう思いたいなら、それでもいいけど」

「わたしはどっちが本物の真帆か知りたいのよ」

「真帆はあんたよ。それ以外ありえない」

「どうして、そこで思考停止しちゃうの？」

「だって、それ以外、どうしようもないし」

「ほら。嘉穂だって、どうしようもないから、現実を受け容れてるんだわ」

「言い方が悪かった。じゃあ、こう言えばいいのね。実害がないから、これでいいの」

「実害がない？」

「わたしたちは同じ家に生まれた双子の姉妹。だから、どっちがどっちでも一向に構わないの。今の法律だと、兄弟姉妹は年齢性別に関係なく、みんな平等。名前が逆だったからってなんの実害もない。わかるわよね」

「わたしは実害とかそういうことを言ってるのではないの」

「じゃあ、なんのことを言ってるの？」

「自分の正体よ。わたしは本当は何者なのか？」

「だから、それは自分が一番よくわかってるでしょ。自分は自分よ」

結局、二人の話は平行線に終わった。

わたしは本質的な面を問題にしていたのに、彼女は実利的な面しか考えてなかったの。

わたしは面と向かって両親に尋ねることにした。二人の娘が入れ替わっているかもしれないことをどう思うのかと問うのは大変な勇気が要った。

「なんのことを言ってるんだ？」父は目を丸くした。

「この子ったら、悪い冗談のつもり？」

「冗談なんかじゃないわ。お父さんもお母さんもわたしのことを『嘉穂』って呼んでた」

「二人が入れ替わってたって言うのかい？」

「そうよ」

「だとしたら、その時にどうして言わなかったんだ？」

「その時は不思議だと思わなかったのよ」

「ある日、突然自分の名前が変わったのに？」

「名前が変わったんじゃなくて、それまで名前が決まってなかったのが、だんだんと決まっていったのよ」

「何を言ってるのか、わからないわ」母は困惑していた。「あなたのことを『嘉穂』と呼んでしまったことは何度かあると思うけど」

「そういう単純な間違いのことを言ってるんじゃないの」

「どの時から間違えていたというんだい？」父が尋ねた。

「たぶん、生まれた直後からよ」

「でも、おまえはその時のことを覚えちゃいないんだろ」

「ええ。そうだわ」

「だったら、その時に付けた名前が間違ったものだなんて、どうしてわかるんだ？」

「だから、名前が逆だったなんて言ってないの。わたしと嘉穂の区別が付いてなかったって言ってるの」

「いったい、どうしてそんな考えを思い付いたのかわからないけど、あなたは生まれてからずっと『真帆』だったわよ」

「どうして、そうだと言い切れるの？　本人のわたしが違うと言ってるのに」

「わたしたちは親だから。親というものは子供の区別は付くものなのよ」

「区別が付いたって証拠はあるの？」

「そう言うんだったら、区別が付かなかったって証拠は出せるのか？」

「それは……」

わたし自身は一番よくわかっている。だけど、それを客観的に証明する手立てはない。

そうだ。もう一人証人がいる。

「じゃあ、嘉穂に訊いてみて。嘉穂もわたしと同じ経験をしているんだから」

「嘉穂、そうなのか？」父は彼女に呼び掛けた。

彼女は言い争うわたしたちから少し離れた場所に座って雑誌を読んでいたけど、父に呼び掛けられて、少し面倒そうに顔を上げた。「なんのこと？」

「真帆が言うには、小さい頃、おまえたちを取り違えていたそうなんだが、覚えはあるかい？」

嘉穂は一瞬の沈黙の後、ぼそりと言ったのよ。「名前の呼び間違いなんか、しょっちゅうだったわ」

母は安心したような笑みを浮かべた。「ほら。御覧なさい、真帆。やっぱりちょっとした呼び間違いだったのよ。それを大げさなことのように感じたのよ」

「そうだな。たぶん錯覚だよ。幼児の記憶というものは曖昧なものだから」父もほっとしているようだった。

「嘉穂、何を言ってるの？」わたしは空とぼける彼女の態度が苛立たしかった。「この前、言ってたじゃない……」

「だから、呼び間違いのことだと思ったのよ」

「そうじゃなくて、わたしたち、ずっと『真帆』って呼ばれていたり、『嘉穂』って呼ばれていたりしたじゃない」

「だから、それが呼び間違いなんだって。もし二人を取り違えてたら、真帆のことをずっと『嘉穂』って呼んでたはずでしょ」

「そういうことじゃない。わたしたちは区別なく、『真帆』だったり、『嘉穂』だったりした」

「真帆、いい加減にして。確かに、わたしが『嘉穂』で、真帆が『真帆』なのは必然ではないかもしれない。ちょっとした偶然でわたしが『真帆』で、真帆が『嘉穂』だったかも。知ってる？　昔は双子のうち、先に生まれた方が妹で、後から生まれた方が姉だった。もし今でもそうだったら、二人の名前は逆だったかもね。でも、そんなことは突き詰めても仕方がないわ。わたしは『嘉穂』で、真帆は『真帆』。ちゃんとした別々の人間なのよ。それとも、真帆はわたしと名前を交換したいと言うの？」

「そうなの、真帆？」

違う。違う。わたしは名前の交換なんかしたくはない。

「もういいわ！」わたしは部屋を飛び出した。

「どうして、嘘を吐いたの？」父と母がいない時にわたしは彼女を問い詰めた。

「訊きたいのは、わたしの方よ。なんで、あんなことをお父さんとお母さんに言ったの？」

「だって、自分が誰かということはとても大事なことじゃない」

「じゃあ、真帆は二人にどう答えて欲しかったの？」

「どうって……」

わたしは何を望んでいたんだろう？

「『ああ。その通りだ。わたしたちはおまえたちがどっちがどっちだかわからなくなってしまってたんだよ』って言って欲しいの？」

「そうじゃない。そんなことは言って欲しくない。わたしはただ、自分が本当は『真帆』なのか、それとも『嘉穂』なのか知りたいだけよ」

「そんなこと今更わかる訳ないじゃない」

「えっ？」

「わたしたちは一卵性双生児だから、ＤＮＡも同一なのよ。科学的にも区別が付かない」

「でも、指紋があるわ。双子でも指紋は別物のはずだわ」

「そうね。二人の指紋は違うと思うわ。でも、それを調べてどうするの？」

「指紋を調べれば、どっちがどっちだか、はっきりするわ」

「しないわよ。わかるのは二人が別々の人間だということだけ。それは最初からわかってるわよね」

「二人の指紋を過去の指紋と照合すれば、どちらがどちらかわかるはずだわ」

「過去の指紋て何よ？　二人が真帆と嘉穂と名付けられた瞬間に採取した指紋があれば話は別だけど、そんなものある？　新生児の手形・足形をとる病院はよくあるみたいだけど、わたしたちの生まれた病院ではしなかったみたい」

「その後は？　幼稚園の時の工作に指紋が残ってるんじゃない？」

「残っているかもしれないわね。でも、仮に『真帆』作の工作にわたしの指紋だけがあって、『嘉穂』作の工作に真帆の指紋だけがあったとして、どうだというの？　証明できるのは、二人が区別されてなかったということだけよね。どっちが本物の『真帆』かはわかりはしないのよ。もっとも、わたしは真帆が本物の『真帆』だと思っているけど」

「でも、お母さんたちに自分の間違いに気付かせることはできるわ」

「そんなことしてなんになるというの？　二人に罪悪感を持たせたいの？　復讐したいの？」

「復讐なんて、そんなこと……」

「じゃあ、もうそんなことは止めて。二人が真帆の説明を信じたとして、二人を苦しめるだけで得るものは何もないの。わかるわよね」

「でも、このままでいい訳なんてないじゃない」

「このままでいいのよ」彼女はにやりと笑った。少なくともわたしにはそう見えた。「赤ん坊の取り違えって、ひょっとしたらかなりあるんじゃないかって思うのよ」

「何を言ってるの？」

「時々、見付かるのよね。あまりに親と似てないからって調べると極《ごく》たまに見付かる。でもね。普通、そんなこと疑わないわよね。親と似てなくたって、まさか自分の親が他人だなんて考えない。ふとそんなことが頭を過《よぎ》ったとしても、まあすぐに忘れてしまうわ。だから、たいていは調べない。調べるのは僅《わず》かな人たちだけ」

「つまり、取り違えられたことに気付かない人たちがいるっていうこと？」

「そう。発覚しているのは、氷山の一角で本当は物凄く多いんだと思う。でもね、双子の取り違え事件は一件もないの。真帆、聞いたことある？」

わたしは首を振った。

「これがどういうことかわかる？」

「双子の取り違えは絶対に起こらないと言いたいの？」

「ある意味そうとも言えるわ。正確に言うなら、『双子の取り違え事件は絶対に発覚しない』ってことよ」

「絶対なんて……」

「絶対によ！　他人なら、DNAを調べればわかる。でも、双子は無理よ。仮令、二卵性だったとしても同じ親から生まれたんだから、どちらが姉で妹かなんて見分けようがないもの。そして、前にも言ったように実害がない。だから、誰も取り合わないわ。警察も裁判所も」

「そんな酷い……」

「何も酷くはない。そもそも真帆は何を失ったと言うの？　わたしは何も失っていないわ」

「個人のアイデンティティーよ」

「あなたは鴨川真帆。アイデンティティーは確立しているじゃない」彼女はわたしを睨み付けた。

わたしと同じ境遇の双子であるにも拘らず、彼女はわたしに全く共感してくれなかったの。実利だけを考慮し、実害がないから問題なしと言う彼女の思考はわたしには全く理解できなかった。おそらく彼女もわたしの苛立ちと悲愴感が理解できなかったんだろうと思う。

わたしはその時から彼女にわかって貰おうと努力することは止めてしまったわ。両親にも訴えることをしなかった。

わたしは誰にもわかって貰えぬ苦しみを抱えて暗黒の思春期から青春期を過ごした。

そんなわたしにも少しだけ光が射した時期があった。

あれは例年に比べて特別に寒い冬だった。

わたしは大学受験に失敗して予備校に通っていたの。自分自身が何者かわからないという漠然とした苦しみに将来が見えないという不安が重なり、絶望に打ちひしがれて、毎日ただ同じ電車に乗り、予備校で時間を過ごし、そして家に帰る。

息苦しさに窒息しそうな気分だったわ。

でも、その日の朝、わたしは駅のホームで天使を見たの。

言っても信じてくれないでしょうけど、その時の彼は本当に天使としか思えなかった。

反対方向のホームで、友人と話す優しい笑顔に、わたしはついうっとりと見とれてしまった。

どのぐらいの時間が経ったのかしら？　彼はふとわたしの方を見た。

わたしの視線と彼の視線がぴったりと合い、一直線になった。

彼は優しい笑顔のままだった。

わたしは耐え切れずに視線を逸らしてしまった。なんだか、とても恥ずかしいことをしたような気がして、電車が来るまでじっと俯《うつむ》いたままだった。

次の日も彼はそこにいた。

わたしは気付かれぬようにちらちらと彼を盗み見た。

それはやっぱり天使のような素敵な顔立ちだった。

わたしは理由のわからない罪悪感を覚えながらも、何度も何度も彼を盗み見するのを止めることができなくなっていたの。

そして、やっぱり彼はわたしに気付いた。

彼の視線がわたしを射抜く前に顔を伏せる。

恥ずかしさに死んでしまいたくなった。

でも、また明日彼を見ることができると思うと、生きる勇気も湧いてきたの。

そう。もうわたしは自分が誰かなんてどうでもよくなっていた。

だって、わたしはわたしなのだもの。

「真帆」というのは単にわたしを指し示す記号に過ぎない。「真帆」でも「嘉穂」でも「花子」でも「メリー」でも構わないの。

わたしの心の中は彼のことでいっぱいになった。寒さの中でわたしの顔はいつも火照《ほて》っていた。

今度、視線が合ったら、微笑《ほほえ》んでみよう。そして、そして軽く会釈《えしゃく》してみよう。

わたしが決心したその日、彼はホームにいなかった。

たぶん、ちょっとした風邪か何かなんだろうと思った。でも、その日から彼はホームに姿を現さなくなった。

電車の時間を変えたのかしら?

わたしは電車の時間を前後にずらしてみた。けれど、彼は見付からなかった。

あの決心がもう一日早かったら……。

わたしは後悔に打ちのめされ、鬱々とした日常に戻った。

それから二か月半程の後、わたしは家に帰る時に、降りた駅のホームで彼を見掛けたのよ。それも反対側でなく、同じホームで。

暗い冬の夕日の中で、彼の顔だけが輝いていた。

わたしは無意識のうちに笑顔で彼に向かって走り出していた。

彼はわたしに気付いた。ちょっと驚いたような顔をしている。

当然よね。こんな偶然、わたしだって、びっくりよ。

待って。彼、誰と話しているの?

彼の前にもう一人の人物がいた。こちらに背を向けている。若い女だ。

嫌な予感がした。

わたしはその気分を打ち消そうと懸命になった。

彼と話をしているだけで恋人と決まった訳じゃない。ただの友達、それとも姉か妹かもしれない。

女は彼の表情に気付いたのか、ゆっくりと振り向いた。

わたしは笑顔を凍り付かせた。

いったいあの女にどんな表情を見せればいいんだろうか?

そして、女が完全に振り返った時、わたしは胸騒ぎの理由がわかった。

服で気が付いてしかるべきだった。

それは彼女だった。

「そうそう。言ってなかったわね」彼女は一瞬の戸惑いの後に言った。「わたし双子の姉がいるのよ。真帆っていうの」

「へえ。びっくりしたよ。あんまりそっくりだったんで」彼はきょとんとわたしを見詰めていた。「初めまして。僕、山田川三太《やまだがわさんた》といいます」

「は、あの、初めまして」わたしはあまりのことに状況が理解できなかった。「あの。嘉穂、この方は……」

「と、友達よ。ただの友達」嘉穂は赤くなっていた。

「えっ？」三太は目を丸くした。「友達なのかい？　僕はてっきり付き合ってると思ってた」

「あら。どっちなの？」わたしは努めて明るく言った。

底知れぬ闇を湛《たた》えた絶望の淵《ふち》がわたしの中に生まれた。

「付き合ったと言っても、まだ二か月とちょっとだし……」

「それでも、付き合っていることに変わりないだろ」

「まあ、友達以上恋人未満てことで……」彼女はふざけた調子で言った。

「全然知らなかったわ」自然と涙が溢れそうになる。「嘉穂ったら、そんなそぶりなかったから。いったいどこで知り合ったの？　同じ大学？」

「それがですね」三太は言った。「二人の出会いは偶然というか……」

「ちょっと、止めてよ。恥ずかしいわ」彼女が遮《さえぎ》った。「そんなことより、双子のこと言ってなかったから、びっくりしたでしょ」

「ああ。びっくりしたよ。本当によく似ている。近くにいると、さすがに違いはわかるけど、ちょっと離れたところから見た感じなんか、最初に嘉穂ちゃんと出会った時みた……」三太は目をぱちくりさせた。「あれ？」

「どうしたの？　山田川君？」

「いや。ちょっと錯覚しちゃって。本当に二人はよく似てるから。近くでよく見ると、ほくろとかが違うから間違ったりはしないと思うけどね」

何かおかしいと直感したわ。

「実はわたし、山田川さんと初対面じゃないんですよ」わたしは思い切って切り出した。

「えっ。本当なんですか?!」三太は驚いたふうだった。「でも、それだと絶対気付くはずですよ。だって、こんなに嘉穂さんにそっくりなんですから」

「きっと、わたしと会う前よ」彼女は取り繕《つくろ》うように言った。

「だとしたら、逆に君に会った時に気付くはずだ。……でも……まさか」三太は何かに気付いたようだった。

「人の顔なんて一々全部覚えてなんかいられないってことよね」彼女が言った。

「あなたは黙っていて！」わたしは苛立った。

「いったいどうしたって言うの、真帆？」

「思い過ごしならいい。ただ、確認させて欲しいの」

「別に今する必要はないでしょ。家に帰ってから、じっくり話を聞くわ」

「いいえ。今じゃなくちゃ駄目」

「今、デートの途中なのよ。いくら姉だからって、常識ってものを考えてよね」

「いいや。僕もちょっと気になるんだ。確かめておきたい」

「じゃあ、デート中にじっくり話を聞くわ」

「君にじゃなくて、お姉さんに訊いておきたいんだ」

「それを訊いてどうするつもり？」

「えっ？」三太は答えに窮《きゅう》した。

「そんなことも考えてなかったの？　あなた、ちゃんと心の準備はしているの？」

「嘉穂、あなた何言ってるの？」

「確かめたいことってだいたい想像は付くわ。で、その当て推量が当たっていたにしろ、はずれていたにしろ、この後どうするつもり？」

「どうするって？」

「今まで通りでいられるかってことよ」

「もし、わたしの考えがはずれていたなら、たぶん今まで通りでいられるわ」

「本当に？　あなたたち、これからわたしに酷いことを言うつもりなんじゃないの？」

もし、わたしの思い過ごしだとしたら？　わたしは彼女に濡れ衣を着せることになる。これから先、顔向けできるだろうか？　恋人とは縁を切ることができるけど、姉妹は永久に姉妹。この先、ずっと気詰まりだとしたら？

三太も困り果てているようだった。「そこまで言うんだったら、この話はもうここまでにしようか」

もし、わたしの推測が当たっているとしたら、彼女はとても酷いことをわたしにしたことになる。その場合、顔向けできないのは彼女の方よ。苦しむのは彼女。でも、わたしはそれでいいの？　彼女と仲たがいしてまでもはっきりさせなければならないこと？　彼の言う通り、ここで話を終わるのが一番なんだわ。

本当に？　まさか！

「山田川さん、あなたが気に病むことは何もないの」わたしは言った。「わたしの推測が合っていたなら、酷いのは嘉穂。わたしの推測がはずれていたなら、酷いのはわたし。だから、どっちにしてもあなたは悪くない。どちらだとしても、そのまま嘉穂と付き合い続けてもいいし、そうしなくてもいい」

「真帆、あんたおかしなこと言ってるわ」

「そうかもしれないわね」わたしはたっぷりと息を吸い込んだ。「山田川さん、あなたは嘉穂とどこで知り合ったの？」

「彼の方が声を掛けてきたの」彼女が慌てて言った。「コンビニで『あの。すみませんけど』って……」

「嘉穂は黙ってて。わたしは山田川さんに訊いてるの」

「直接の切っ掛けはそうだ。僕が彼女に話し掛けた」

「なぜ、初対面の嘉穂に話し掛けたの？　ただの思い付きのナンパ？」

「ナンパだと言えば、ナンパだけど、ただの思い付きじゃない」

「どういうこと？」

「僕は彼女を知っていたんだ。前から」

「もう止めましょう」彼女が言った。「その話ってなんだか、山田川君がストーカーみたいな感じになっちゃうから」

「どこで見掛けたの？」

「ここだよ。駅のホームで」

「朝ね」

「ああ」

「あなたはこちらのホームにいた」

「そう」

「そして、わたしは向こうのホームに……」

「真帆じゃない。わたしよ」彼女が話に割り込んだ。

「時間は？」わたしは続けて尋ねた。

「朝の七時四十分ぐらい」

嘉穂は息を呑んだ。

三人とも話さなかった。

「山田川さん、その話を嘉穂にしたの？」

「うん。最初に出会った時に。『君はずっと僕のマドンナだった』って言った。知らなかったんだ。君たちが双子だなんて……」

「嘉穂はその話を聞いてどうしてた？　話が見えなくてきょとんとしていた？」

「いいや。嘉穂は『わたしも気になっていた』とか、なんとか話を合わせてきた」

「嘉穂、どういうつもり？」

「どういうつもりも何もないわ。本当のことよ」

「嘘だわ」

「嘘ではないの。わたしたちは朝のホームで出会っていたのよ」彼女はいけしゃあしゃあと言った。

「だって、それはわたしだわ」

「わたしだって、七時四十分の電車に乗ることはあるのよ」

「それなら、わたしと一緒になっているはず」

「一、二両ずらしているのよ！　その、バツが悪いじゃないの。浪人中の姉と一緒に電車を待ってるなんて」

「嘉穂の大学は反対方向だわ」

「どんな行き方しようが、わたしの勝手でしょ。買い物してから行くこともあるのよ。そうだわ。パン屋よ。逆方向だけど一つ先の駅においしいサンドイッチの店があるの。それを朝食にしないと一日調子が出ないのよ」

「嘉穂、もういいよ。僕は怒ってやしない」

「どうして、わたしが怒られる必要があるの⁈」彼女は喚き散らしたわ。「わたしは別に真帆の彼氏を奪った訳じゃないわ。山田川君と真帆は互いの名前も知らなかったじゃない。切っ掛けがどうであれ、山田川君はわたしと付き合っているのよ」

わたしの目から涙が溢れ出た。「もし、あの朝のわたしとの出会いがなかったら」わたしは三太に尋ねた。「あなたは嘉穂と付き合う決心をしたかしら?」

「僕は……君を嘉穂だと思っていたんだ。だから、ずっと嘉穂と恋をしていると思い込んでいた。でも、恋の始まりがあの朝の出会いだとすると、僕が恋したのは……」

「わたしよ。ホームで見掛けて一目惚れしたっていうのは、単なる錯覚に過ぎないのよ。もちろん錯覚から生まれる恋もあるけど。わたしと山田川君の恋は錯覚じゃない。ちゃんと付き合っているのだもの」

「恋はあの時に始まっていた。あの朝の眩《まばゆ》い時間に」わたしは呟いた。

山田川君は無言で頷いた。

「酷い。それ、どういうことよ！」

嘉穂は叫んだ。

「えっ？」

「わたしと付き合ったことはなかったことにしろっていうの？　これは間違いでしたって？　それで改めて双子の姉と付き合うって？　それ、本気？」

「いや。そんなことは言ってない」

「じゃあ、どうするの？　責任をとって、これからもわたしと付き合うつもり？」

「責任？」

嘉穂は下腹を押さえた。「まだ病院には行ってないけど、たぶん」

三太は目を見開いた。「そんなはずはない」

「残念ね、真帆。山田川君はわたしのものなの。もうどうしようもないわ。つまらないことを暴いてしまって、誰も得をしなかったわね」

「酷い！　酷い‼」わたしの感情はついに爆発した。「山田川さんの話を聞けば、彼が恋していたのは嘉穂ではなく、わたしだということはすぐにわかったでしょ！」

「それがどうしたというの？　わたしたちの顔はとてもよく似ている。もし、わたしが先に彼に出会っていたとしたら、同じように恋をしたはずよ。つまり、彼はわたしたちの

『顔』に恋をしたの。あなたの人格に恋をした訳じゃない。思い上がらないで‼」

「だって、顔が同じでも、わたしと嘉穂は違う人間じゃない。どうして、わたしの幸せをとってしまうの？」

「わたしは、真帆が煩《わずら》わしかったのよ」

「えっ？」

「わたしや両親に入れ替わりのことでぐずぐずと愚痴られるのが我慢ならないの。そんなことどうしようもないじゃない」

「そんなこと、もう何年も口にしてないわ」

「口にしなくたって、真帆がそのことばかり考えているのは、手にとるようにわかる。不愉快極まりないわ」嘉穂の顔は醜く歪んだ。「わたしはわたしを苦しめる真帆に仕返しをしたかった。そして、今、達成したのよ」

わたしがその時何を考えたと思う？

彼女を憎んだんだろって？

少しはそんな気持ちがあったかもしれない。でも、強烈に感じたのは羨望だった。彼女が羨ましい。彼女が妬ましい。彼女になれたら、どんなにいいだろう。

そう思ったら、彼女になっていたの。

どう説明すればいいのかわからないけど、気付いたら、立ち位置が変わっていた。三太の横にいて、彼女と対峙していたの。

彼女はわたしの服を着て、わたしの髪型をしていた。

突然、視点が変わった訳でもなく、連続的に移動した訳でもない。とにかく気付いたら、入れ替わっていたの。

わたしは何が起こったのか、必死に理解しようとしたけれど、混乱するばかりだった。双子と雖《いえど》も違う人間が入れ替わることなど考えられない。でも、現実にそれが起こったとしか思えなかった。

わたしは目の前の彼女の顔に特徴を捜した。それが真帆なのか、嘉穂なのかを確認しようとしたの。

そして、それは紛れもなく、真帆だった。

彼女——真帆の顔は醜く歪んだ。「この泥棒猫!」

ホームの誰もが振り向くほどの絶叫だった。叫んだのは「真帆」だけど、わたしじゃない。その言葉の内容は矛盾していた。泥棒猫は彼女なのだから。

しかし、その場にいたわたし以外の人たちにとって、その言葉には矛盾はなかった。恋した人を双子の妹に奪われた女性の悲痛な叫びだった。

「ちょっと待って」わたしはなんとか言葉を発した。「今凄いことが起きているの、わかってるわよね」

「ああ。確かに凄いことよね。まんまと人の恋を盗み取ったんだから」

入れ替わったことに、気付いてないの？　いや。そんなことはない。今、彼女は「真帆」として話している。気付いてないなら、そんなことはできない。それどころか、入れ替わった瞬間に彼女は「真帆」を演じ始めていた。つまり、最初から知っていたんだ。

わたしは凄まじい恐怖を感じた。いったい彼女は何を企んでいるのかと。

「ねえ、山田川さん聞いて」わたしは三太に縋《すが》るように言った。「信じられないかもしれないけど、今大変なことが起きているの」

「君はなぜそんなことを言うんだ？　妊娠なんてありえない。僕たちはまだそこまで……」

彼は何を言ってるの？　彼女が言ったことはでたらめだったの？　だったら、なぜそんな見え透いた嘘を？　いったい何が目的なの？

「許せない‼　嘉穂、あなただけは絶対に許せない！」彼女は絶叫した。

ホームはざわざわとただならぬ気配に満ちた。

どうして、彼女はわたしを「嘉穂」と呼ぶの？

「きえ‼」彼女は奇声をあげながら、わたしに飛び掛かってきた。

「何をするの⁈　止めて、嘉……‼」わたしは最後まで喋れなかった。

彼女の指がわたしの喉を締め付けていた。

わたしはもがいて、彼女の指をはずそうとした。だが、彼女の指は深く食い込み、どうしてもはずせなかった。

息が詰まり、頭がぼうっとなったわたしは無我夢中で、彼女を押しのけた。

すっと、息が楽になった。

そんな強い力で押してはいないのに、彼女は激しく飛び上がり、絶叫しながら、ホームを転げ回った。

「あっ！　危ない‼」

彼女はホームから転げ落ちた。

二人が揉み合った位置からホームの端まで、たっぷり二メートルはあったので、誰もそのようなことは予想していなかったんだと思う。電車が入ってくるところだったにも拘らず、行動を起こせた者は一人もいなかったわ。

「嘉穂！」わたしは慌ててホームから飛び降りようとした。

「待って」彼女は上半身を起こした。

「危ないわ！　早く上がって！」

「落ち着いて、もう少し下がって」彼女は両手で押す動作をした。

わたしは混乱していたので、つい彼女に従ってしまった。

「ありがとう」彼女は線路に身を横たえた。ちょうど胴体の真ん中を車輪が横切るように。

電車は十メートル先まで近付いていた。

わたしは足を踏み出した。「嘉……」

「……穂」わたしは線路にいる自分を見出した。

ホームからは顔を醜く歪めた彼女が見下ろしていた。

わたしはゆっくりと近付く車輪を力なく見詰めた。

そして、この時になってすべての謎が解けたのよ。

そう。わたしたちの両親は何も間違っていなかった。二人はわたしたちを――正確に言うなら、わたしたちの肉体をちゃんと区別していたのよ。

区別できていなかったのはわたしたちの方。わたしたちの精神が自分の肉体を確定できずにふらふらと入れ替わっていたの。だから、自分の名前が時々変わるように感じていたという訳。そしてなんらかの理由で、いつのまにかわたしたちの精神はそれぞれの肉体を確定し、安定していた。

わたしはその時まで、そのような現象に気付いていなかったけれど、少なくとも彼女は気付いていた。いつからかはわからない。幼児期からずっと気付いていたのかもしれないし、最近発見したのかもしれない。ただ、最適なタイミングで入れ替わることができたところから見て、入れ替わりを練習していたことは間違いない。きっと、わたしが眠っている間に実験したのだ。

彼女は、この現象を当事者のもう一方であるわたしに気付かれないようにずっと隠し通してきた。いったいなんのために?

今、この瞬間のために。

わたしは彼女の言葉を思い出した。


わたしは、真帆が煩わしかったのよ。

わたしはわたしを苦しめる真帆に仕返しをしたかった。そして、今、達成したのよ。


おそらく三太さんのことは偶然だったのだろう。彼女は長年機会を窺っていた。そして、絶好の口実を見付けたんだわ。

彼女はわたしを抹殺したかった。

アイデンティティーのゆれは精神と肉体がそれぞれ二つずつあることに由来した。だとしたら、それぞれ一つに纏《まと》めれば、アイデンティティー崩壊の危機は消滅する。

精神の交換が可能であることにわたしが気付いたら計画は破綻する。だから、わたしが両親の取り違えだと思い込んだことは彼女にとって幸いだったんだろう。

自殺に見せ掛けてわたしを殺すことにはリスクがある。例えば、わざと山奥に迷い込んだり、入水《じゅすい》したり、毒物を服《の》んでから精神を交換するにしても、タイミングが難しい。遅過ぎれば自分が死んでしまうし、早過ぎればわたしが自分で死から逃れる術《すべ》を見付け出すかもしれない。一度失敗すれば、わたしも用心するから二度と同じ手は使えなくなるわね。

だから、彼女は衆人環視での完璧なアリバイを求めていたのよ。

完全な自業自得による死亡。

「嘉穂」が「真帆」を押しのけたのは、完全に正当防衛だわ。いや。正当防衛以前のただの反射行動と言えるかもしれない。それはこのホームにいる全員が証言する。

でも、このまま死ぬのは悔しい。

「この人が犯人！」わたしはなんとか車輪から逃れようと身を捩《よじ》りながら彼女を指差した。

彼女は薄ら笑いを浮かべていた。

駄目。こんな戯言《たわごと》誰も信じるはずがない。

そうだ。

一つ方法がある。

衝撃と共に数十センチ引き摺《ず》られた。目の前を車輪が通り過ぎた。

はるか彼方に下半身があり、腸か血管かわからない何本かの赤い紐がわたしへと伸びていた。

えっ？　話がおかしいって？

わたしの正体は嘉穂でなければならない？

そう。少なくともこの肉体には嘉穂という名前が付けられているわ。

わからない？　彼女は大きなミスを犯したのよ。

彼女は肉体が一つになれば、自動的に精神も一つになると、そう思い込んでいた。

でもね。事実は違っていたの。

わたしは死んでも消滅しなかった。なぜなら、わたしの肉体の一つはまだ存在していたから。

死の瞬間に入れ替わったのかって？

いいえ。わたしにはとてもそんな余裕はなかったわ。

わたしは崩壊する自らの肉体を見た次の瞬間、死んでしまっていた。

わたしはね、死んでいるのよ。

でもね。

死は終わりではなかったの。

もちろん始まりでもない。

あれは聞いていたどれとも違う。

完全な無と純粋な苦の凄まじい世界。

死者のみが耐えられる凍れる世界。

わたしの死せる魂はすべてを知った。

そして、死せるまま生きた肉体に入り込み、彼女の魂は生けるまま死後の世界へと赴《おもむ》いた。

生ける精神は決してそれに耐えられない。

さようなら、嘉穂。わたしは死せる心を宿した肉体。もう何もわたしの心を殺すことはできない。わたしはもう死んでいるのだもの。

ねえ。わたしの手に触れてみて。

死人の手に触れるのはどんな感じ？

ねえ。真帆は顔を醜く歪めた。

どんな感じ？

五人目の告白

一人目の告白

化粧品に中絶胎児が入っているって、本当かしら？

わたしはお風呂《ふろ》で化粧を洗い流しながら考えていた。

あれは胎児そのものじゃなくて、胎盤だけだったかしら？　まあ、どっちにしてもあまり変わりはないわね。でも、どうして、そんなもの使うのかしら？　豚とか牛の胎盤じゃ駄目なのかしら？　きっと、人間の化粧品には人間の胎児でなければ合わないんでしょうね。なにか酵素とか、ホルモンとか、いろいろそういうものが違うと駄目なんだわ。

その時、玄関の呼び出しチャイムがなった。

誰かしら、こんな夜遅くに。

わたしは風呂場から飛び出すと脱衣場にあったピンクのバスタオルを体に巻き付け、「はい！　ちょっと、待ってください！」と叫びながら、二階にガウンを取りに駆け上がった。

二階は真っ暗で、蛍光灯の紐《ひも》をやっと探して、それから、箪笥《たんす》の中からガウンを引っ張り出した。

やっぱり、ガウンなんかは一階に置いとかないと不便だわ。これからは、脱衣場の戸棚にいれとこ。あれ？　このガウン、男物だわ。

また、チャイムがなった。

しかたがない。このままいくわ。気が付かないかもしれないし、別に気付かれたって、どうってことないわ。

階段を降りながら、ちらりと時計を見ると、もう午前零時を回っていた。

いったい、どんな用件なのかしら？　なにか緊急のことかしら？　もしも、悪いニュースだったら、いやだわ。

「どなたですか？」

「わたし……」

女の人？

かすれたよく聞き取れない声だった。

わたしはどうするか迷ったが、とにかくドアの覗《のぞ》き穴から、顔を見ることにした。知らない間に外は雨が降っていたようで、その女はずぶ濡《ぬ》れになっていた。ロングヘヤーで鼠色らしき色のコートを着ていたが、それも濡れているので、はっきりしなかった。女は小刻みに震えて、顔には血の気がなく、目はまっすぐにわたしを見つめていた。もちろん、ドアのこちら側のわたしの姿は女に見える訳はなく、実際には覗き穴のところを見ているだけなのだろうが、わたしにはどういう訳か、その女はドアの向こうにわたしがいることを確信して、見つめているとしか思えなかった。

とにかく、男ではなく、女だということで、わたしは少し安心してドアを開けた。

「あの、どなたですか?」

と、わたしが言うと同時に女は凄《すさ》まじい勢いで玄関に飛び込んできた。そして、わたしを突き飛ばした。わたしはあまりのことにまったく防御の態勢がとれず、尻餅《しりもち》をついて、呆然《ぼうぜん》と女を見つめた。

「何とか言ったらどうなの?」女は口紅が雨で溶けて、顎《あご》にまで流れているのを拭《ぬぐ》おうともせず、家中に響きわたるような大声で言った。「悪いのはあなたなのよ!」

彼女はそのまま廊下に上がってきて、わたしのガウンの胸ぐらを摑《つか》んで、訳のわからない叫び声をあげながら、壁に何度もわたしの頭を叩《たた》き付けた。叩き付ける度に、女の全身から飛沫《しぶき》が飛び散って、廊下を濡らした。わたしは女の膝《ひざ》を蹴《け》って、なんとか、女の手を振りほどこうとしたが、彼女はわたしの上に倒れてきたため、そのまま二人はもつれあって、廊下から玄関に落ちてしまった。わたしは女より一瞬だけ早く立ち上がって、コートの襟首を摑んで、外に引き摺《ず》り出した。そのまま、門を出て、道路まで行こうとしたけれども、女が手足をばたばたして抵抗したので、門までの半分ぐらいの距離までで諦《あきら》めて、女から手を離し、大急ぎで、玄関に引き返そうとした。女もほとんど同時に起き上がって、取りすがってくる。わたしは女の手をなんとか振りほどいて、ドアを閉めようとした。女はドアの隙間から、腕を突っ込んでなんとかこじあけようとした。わたしは何度も女の腕にドアを勢いよく、叩き付けた。腕を抜こうとして女の力が緩んだ。その一瞬を狙い、すばやく閉めようとした時、また手を入れようとしたので、指先を挟んでしまった。鈍い音がした。女は叫んだ。

「ぎゃあ‼」

再びほんの僅《わず》かドアを開けると女はそのまま後ろにひっくり返った。わたしは今度こそドアを閉め、鍵《かぎ》とチェーンをかけた後、覗き穴から、外の様子を見てみた。女は挟んだ左手を右手で庇《かば》い、絶叫しながら、転がり回っていた。コートの袖《そで》に黒っぽいしみができていたが、血なのか、泥なのかはよくわからなかった。

わたし自身もずぶ濡れでガウンの紐がなくなって、前がはだけていた。玄関や廊下には見当たらないので、きっと、外なのだろうと思った。

まあ紐ぐらいどうってことないわ。でも、あの女、いったい誰なのかしら？　とにかく、警察に連絡しなくちゃ。

電話は不通になっていた。

どうして、こんな時に。それともあの女が電話線に何かしたのかしら？　こうなったら、朝まで待つしかないようだわ。朝になれば、人通りも多くなるから、助けも呼べるはずよ。だいたい、こんなに大騒ぎしているのにどうして誰も出て来ないの？

この家は郊外に建っていたが、野中の一軒家というわけでもなく、回りの家には人々が眠っているはずだった。皆面倒なことに関わり合いになることを避けているのか、単に怯《おび》えて出てこないのか？

それとも、さっきの大立回りは当事者が思っているほど大きな音をたてなかったのか、どういう理由かはわからないが、近所がそれほど頼りにならないことは明らかだった。わたしは風呂に入り直す前に家中の戸締まりを確認した。

シャワーを浴びながら、わたしはいつしかまた胎児と化粧品のことを思っていた。

本当は胎児の成分が大事なのじゃなくて、胎児を使うこと自体が大事なのかもしれないわ。胎児——つまり、最も若い人間には最も生命力が満ちている。その生命を人為的に中断することによって、行き場のなくなった生命を化粧品に封じ込めて、女の肌に与えるのかしら？　そして、胎児の生への執着が男達を女の肌に引きつけ、もう一度、生命を作り出す営みへと駆り立てるのかしら？　だとすると、これは一種の呪術《じゅじゅつ》だわ。自分達のことを文明の申し子だと思っているけれども、実は毎日胎児を使った性魔術を行っているのだわ。

二階で何か物音がした。わたしは体を拭《ふ》かずに直接ガウンをはおり、ゆっくりと階段を上がった。二階には二つの部屋があった。一つは寝室に使っている部屋。もう一つは、普段使わずに物置にしている部屋。二つの部屋は階段を登り切った所で入り口が向かい合っていた。まず、わたしはゆっくりと寝室のドアを開けた。ちゃんと雨戸は閉まっている。もう一つの部屋のドアも開ける。明かりをつけると、わたしが一歩足を踏み出す度に埃《ほこり》が舞うのがわかった。この部屋もたまには掃除をしなくちゃと思っていると、また物音がした。この部屋の窓からだった。

「そこにいるのはわかっているのよ」

と、強がりを言ってから、恐る恐る雨戸に近付いて、耳を押し当てて見たが、もう何も聞こえなかった。二、三分そのままの格好をしていたけれども、ついに、我慢できなくなって、少し、雨戸を開けてみた。外はまだ雨が降っていて、さっきの女の姿はどこにもなかった。玄関の方からガラスが割れるような音がした。わたしは慌てて窓を閉めると階下に行くため、部屋を出ようとした。

「ぶごぉー!!」女は絶叫と共に部屋の窓を破って現れた。全身にガラスの破片が刺さっているのをものともせず、わたしの背中に体当たりし、泣きながら喚《わめ》きちらした。「産ませてよ!!」

わたしはバランスを崩した。女はわたしを摑もうとしたが、その手に残ったのはわたしのガウンだけだった。わたしは背中と頭を交互に何度も打ちながら、階段を踊り場まで落ちた。女も一気に飛び下りて、わたしに組み付いてきた。彼女は家の外側を二階に登るためにかさばるものを全部脱ぎ捨てたのか、下着姿になっていた。わたしはなんとか立ち上がったが、女はわたしの乳首におもいっきり嚙《か》み付いてきたので、痛みとショックで再び態勢を崩し、今度はふたりとも一緒に一階まで転がり落ちてしまった。

目を開けていると何もかもが二重に見えた。胃の中のものをぶちまけた。舌が膨れ上がって口からはみ出して垂れ下がり、口が閉じられない。女はわたしの吐瀉物《としゃぶつ》を頭から被《かぶ》り、歯を見せて笑い、ゆっくりと、わたしの首に手をかけた。

ああ、このひとも胎児の匂いのする……

二人目の告白

わたしはやっと手に入れた第十二話のビデオをもう一度見直してみた。

どうして、この回の再放送ができないんだろう？　二回目でもよくわからないや。どこかに、僕が気付かなかった差別用語でもあるのかな？　でも、そのぐらいのことなら、その部分だけ、音を消すなり、別の言葉に差し替えるなり、すればいいのに。

わたしは裏庭の方をちらりと見た。

ああ、やっぱりある。

庭は三十平方メートル程の広さで、雑草が生えっ放しになっている。隣の家との境界は低い垣根だけで、隣の家族がこの家の庭を見るのは容易だし、その気になれば、道路から覗き込むのも難しくはない。その庭のほぼ真ん中辺りに一辺が二メートルほどの青いビニールシートがおいてある。そして、そのシートの下には死体があるのだ。

モニターの中では非日常的な知的生物が人間を襲い、そして、非日常的なヒーローによって滅ぼされていった。

やっぱり、わからない。僕はもっと凄《すご》い内容かと思っていたのに。それとも、どこかに差別を助長するような部分があって、鈍感な僕にわからなかっただけなのかな？　放射能を帯びた怪物というのがいけないんだろうか？　でも、ゴジラもガメラも放射能を浴びることがきっかけで出現したし、その皮膚はケロイドのようにも見える。まあ、どうでもいいか。差別問題の専門家の人が見れば、きっと、違いがわかるんだろう。そんな専門家がいるのかどうか知らないけど。でも、これを放送しないのは何だか逆効果のような気がする。だって、普通に放送すれば、僕みたいな鈍感な人間にはどこが差別なのかわからないのに、欠番なんかにするとかえって興味を持っちゃう。あっ、でも興味を持って見てもどこが差別的かわからないぐらいだから、それでもいいのかな。

視野の隅には常にビニールシートがあったが、わたしは無視し続けた。

あのビニールシートの下には死体があるんだ。それも、女の全裸死体だ。シートをめくって確かめたわけじゃないけど、そんなことぐらい僕みたいな鈍感な奴にもわかるさ。でも、これは秘密にしておかなきゃいけない。僕はきっと疑われてしまう。なぜって、僕は「オタク」だから。でも、本当に「オタク」は犯罪を犯しやすいのかな？　僕が知っている事件の殆《ほとん》どは「オタク」と関係ない。何年か前には一人凄いのがいたけど。きっと「オタク」って、差別用語だ。「オタク」って呼ばれたくないな。うまい言い換えはないかな？　趣味が不自由なひと。それはもっと嫌だな。

僕には前科はないし、子供のころに補導されたこともない。喧嘩《けんか》もしなかったし、万引きもしなかったんだ。でも、そんなことは全然関係ないんだ。僕は昔のテレビ番組が好きだけれど、スプラッターとかはあまり見ない。でも、そんなことは無視されるんだ。僕は気が小さいから、女の人が側にいるだけでどきどきするから、恋人はいないけれども、ロリコンじゃない。でも、そんなことは誰も気にしないんだ。とにかく、死体のことがばれたら、皆、こう言うだろう。

「そうそう。あいつは『オタク』だったんだ。変態だったんだ。だから、女を殺したんだろう」

僕は変態じゃない。人殺しでもない。でも、そんなこと誰も信じないんだ。

庭で音がした。風が吹いて、シートがめくれかかっている。後、十センチもめくれれば、足の先が見えてしまう。死体にシートをかけ直さなくてはいけない。でも、その様子を誰かに見られてしまったら？　そんなところを見られてしまったら、言い逃れなんかできない。

いえいえ、違うんです。僕がやったのではないんです。知らない間に誰かが置いていったんです。

ビニールシートが置いてあったのはいつからだね？

よく覚えていません。何日も前からです。

君は自分のうちの庭に変なものがあっても気にならないのかね？

そりゃあ、気になります。

じゃあ、どうしてほっておいたんだね？

怖かったからです。自分が犯人にされるんじゃないかと。

じゃあ、君はビニールシートの下を覗いて見ていたわけだ。

いいえ、そんなことはしていません。シートに触ったのは今日が初めてです。

そんな言い逃れが通じるとでも思っているのかね？　だいたい、君は近所の人の話によると、「オタク」だそうだね。

なぜ、そんなことを持ち出すんですか？　全然関係ないじゃないですか？

恋人もいないんだろ、いい年をして。

そんなこと。ほっといてください。恋人なんかほしくないんです。女のひとは怖いんです。

じゃあ、女の子が好きなんだね。小学生とか。

僕はロリコンじゃありません。

最近の小学生は発育がいいよ。ほとんど大人みたいな体つきの子もいる。そんな子を見ても何も感じないのかい？

馬鹿なことは言わないでください。小学生なんかに興味はありません。

本当に？　じゃあ、本当は小学生なのに体つきに騙《だま》されて、気が付かなかったとしたら、どうかね？

誘導尋問のつもりですか？　見掛けが大人なら、なおさら、近付きませんよ。

なるほど。生きている女は怖いわけだ。

どうして、そんな言い方をするんですか？　生きてるとか、死んでるとかなんて。

おや？　今、「死んでいる」って言ったね。死んでいる女は好きかね？

……………。

じゃあ、質問を変えよう。君はさっきシートの下は見ていないと言った。でも、犯人にされるのが怖いとも言った。おかしいじゃないか。見てもいないのに、なぜ死体だとわかったんだね。

そのぐらいのことは見なくてもわかるんです。女性の全裸死体です。

やっと、白状したか。よし、緊急逮捕だ！

駄目だ。駄目だ。絶対に見つかってはいけない。でも、どうすりゃいいんだろう？ いつか強い風が吹くかもしれない。近所のおばさんに、あのシートは何ですか、と訊《き》かれるかもしれない。そのうち腐ってきて、臭いでばれるかもしれない。

また、風が吹いた。ビニールシートは限界まで、めくれている。ぐずぐずしている暇はない。すぐにでもシートを直さなければ、いずれにせよ犯人にされてしまう。わたしは、ガラス戸を静かに開け、そっと、庭におり、サンダルを履いた。足音をたてないように気を付け、近所の様子を探るのにも怠りはなかった。

いったい、どうすればいいんだろう？ 死体が見つかったら、間違いなく僕は犯人になってしまう。なんとかして、死体を見つからないようにしなくちゃ。どこかに運び出そうか？ でも、どこに？ どうやって？ 僕には免許がない。他人に頼むわけにもいかない。車を使うのは無理だ。かと言って、担いで運ぶこともできない。じゃあ、埋めてしまおうか？ どのくらいの穴を掘ればいいんだろう？ 長さ二メートル、幅五十センチ、深さ三十センチぐらいというとこかな？ それとも、浅すぎるかな？ 警察犬は土の中の臭いもわかるのかな？ もっと、深くしなくちゃ駄目だろうな。でも、そんな穴を掘っているのを見られただけでも怪しまれてしまう。真夜中にこっそりと、掘ろう。いやいや、余計に怪しいぞ。いっそのこと、燃やしてしまおうか？ 人間は簡単に燃えるのかな？ 死ねば皆火葬にするぐらいだから、燃えるはずだ。灯油をかけようか？　この庭ではまずい。細切れにして、少しずつ、トイレに流そうか？　風呂場に運び込んで、解体するんだ。ああ、なんてことだろう。うちには包丁がない。買いに行かなくちゃ。台所に包丁だけじゃ不自然だ。まな板と、調味料と、鍋《なべ》と、フライパンと、食器洗い機と、食器乾燥機と、電子レンジと、炊飯器と、後、何がいるだろう？　コーヒーメーカーとか、ジューサーミキサーとか、生ごみ処理機はなくても不自然じゃないと思うけど。
ビニールシートに手をかけた時、背中に視線を感じた。

さんにんめのこくはく

わたしは　犯にんを　しっています。
それは　なんの　犯にんかと　いうと　殺じんの犯にんです。
犯にんの　やつは　びにーるしーとの　したに　死たいを　かくしていました。
わたしの　おうちの　にわの　びにーるしーとです。
わるい　犯にんが　ときどき　死たいを　かくにんしに　きました。
わたしは　死んだ　おんなの　ひとが　はだかで　びにーるしーとの　したに　いるのに　きがつきました。

おちちの　ところとかに　血がついて　いました。
それから　めは　つぶって　いませんでした。
かみの　けは　ぱーまねんとに　していました。
わたしも　おおきくなったら　ぱーまねんとに　したいです。
でも　こうこうせいとか　ちゅうがくせい　ぐらいでは　ぱーまねんとに　しません。
なぜかと　いうと　ふりょうだと　おもわれたら　いやだからです。
それから　ありが　いっぱい　きて　死んだ　おんなの　ひとの　血の　でた　ところとかに　はいって　いってました。
はえは　あんまり　きていませんでした。
びにーるしーとが　かぶせて　あるからかなと　おもいました。
殺じん犯にんは　わたしの　うちの　にわに　くる　ときは　こっそり　きます。
ぬきあしさしあしで　きます。
おとなの　おとこの　ひとです。
としは　おっちゃんぐらいです。
でも　おにいちゃんぐらいかも　しれません。
でも　おじいさんぐらいとは　ちがいます。
なぜかと　いうと　かみの　けが　くろいからです。

おじいさんとか　おばあさんとかは　しろいです。
でも　そめたら　くろく　なります。
だから　殺じん犯にんも　そめていたと　いうでしょう。
でも　わたしは　ちがうことを　しっています。
ちがうと　いうのは　かみの　けを　そめていたのと　ちがうと　いうことです。
なぜかと　いうと　かおが　おじいさんとかとは　ちがう　かんじでした。
死んだ　おんなの　ひとは　おばあさん　とかとは　ちがうと　おもいます。
でも　死んでいたので　あまり　としは　わかりませんが　おねえちゃんぐらいかはわかりません。
さんかいめか　よんかいめか　ななかいめぐらいに　みているのが　わかりました。
これは　殺じん犯にんが　死たいを　みているのを　わたしが　みているときに　殺じん犯にんが　わたしが　みているのを　みたと　いうことです。
なぜかと　いうと　きゅうに　ふりむいたからです。
わたしは　こわかったので　にげました。
殺じん犯にんに　つかまったら　死んでしまうと　おもいました。
なぜかと　いうと　殺じん犯にんは　もう　ひとを　殺しているからです。
わたしは　ひっ死で　にげました。

めちゃくちゃ　はしりました。
ごじゅうめーとるそうの　ときぐらい　ひっ死で　はしりました。
でも　ひゃくめーとるりれーの　ときは　それほど　ひっ死で　はしりません。
なぜかと　いうと　とちゅうで　しんどく　なるからです。
でも　ごじゅうめーとるそうの　ときは　しんどくなるとか　かんがえて　いられないので　ひっ死で　はしります。
でも　とちゅうから　ひっ死に　なります。
だいたい　あと　にじゅうめーとるの　ところです。
でも　ともだちは　さんじゅうめーとるの　ところから　ひっ死で　はしると　いいます。
わたしは　にじゅうめーとるの　ところから　ひっ死に　なれば　いいのにと　おもいますが　けんかに　なったらいやなので　ほって　おきます。
なぜ　けんかが　いやかと　いうと　けんかりょうせいばいだからです。
犯にんから　にげる　ときは　さいしょから　ひっ死　でしたが　とちゅうで　ひっ死と　ちがう　ほうが　いいかなと　おもいました。
なぜかと　いうと　ひっ死だと　すぐに　つかれて　はしれなく　なるからです。
でも　ひっ死と　ちがったら　すぐに　おいつかれると　おもって　やっぱり　ひっ死

で　はしることに　しました。
まがりかどの　ところまで　ひっ死で　きたときに　ちょっと　ふりむいて　犯にんのかおを　みようと　けっしんしました。
でも　ちょうどの　ときに　やっぱり　こわかったので　ふりむきませんでした。
なぜかと　いうと　犯にんが　すぐ　うしろに　いたら　こわいと　おもったからです。
でも　せきが　こんこん　でてきました。
もう　これいじょう　ひっ死で　はしれないと　おもいました。
そこで　わたしは　ひとつ　ゆうきをだして　いちか　ばちか　さっきの　まがりかどのつぎの　まがりかどで　うしろを　みてやろうと　おもいました。
あと　ごびょうぐらいと　おもったとき　あしが　がくっとなりました。
でも　ここで　とまったら　死んでしまうと　おもったら　なんだか　ちからが　すこしだけ　でてきました。
でも　げんきいっぱいの　かんじとは　ちがいました。
でも　もう　がくっと　ならない　ぐらい　げんきが　きました。
ちょうど　つぎの　まがりかどの　ところで「この　まがりかどで　ふりむいて　うしろの　犯にんを　みたら　もう　えきの　すーぱーの　となりの　ところの　しんごうの　まがりかどから　みっつめの　まがりかど　までは　ふりむいて　うしろを　みな

い」と　けっしんして　ゆうきを　だして　うしろを　みました。
犯にんは　ずっと　うしろの　ほうの　よんじゅうめーとるぐらいの　ところを　はしって　いました。
でも　犯にんが　ひっ死だったかは　よく　わかりませんでした。
わたしは　「ゆうきを　だして　まがりかどの　ところで　うしろを　ふりむいて　よかったなあ」と　おもいました。
でも　そのまま　ひっ死の　ままで　はしりました。
なぜかと　いうと　もし　犯にんが　ひっ死と　ちがったら　わたしが　ひっ死を　やめたら　そのことに　きがついて　犯にんは　ひっ死に　なるかも　しれないからです。
そしたら　すぐに　おいつかれて　しまいます。
わたしは　はしりながら　しょうてんがいの　ほうに　いったら　うまく　いくかもしれないと　おもいました。
そこで　けいりゃくを　たてる　ことに　しました。
このまま　はしって　いくと　だいたい　さんぷんはんか　ごふんじゅうびょうぐらいで　ろくさろに　でます。
ろくさろと　いうのは　どんな　ところかと　いいますと　むっつの　みちが　きている　こうさてんの　いっしゅです。

そのうち　いつつは　しゃどうで　のこりの　ひとつが　あるく　みちで　すこしだけ　くるまも　きます。
その　ろくさろに　つながっている　あるく　みちが　わたしが　犯にんから　にげていた　みちです。
そこで　わたしは　かんがえました。
「ろくさろの　ところに　きている　しゃどうの　はしには　ぜんぶ　ほどうが　ついている。
そして　ちょうど　えきにいく　みちには　おうだんほどうを　わたらなくても　いける。
その　みちの　とちゅうから　べつの　みちが　あって　そこから　しょうてんがいにいける」
そこで　さくせんは「えきに　いく　とちゅうで　きゅうに　しょうてんがいの　ほうに　いく」に　しました。
はしりながら　死んだら　どうしようと　おもいました。
死んだら　こっくりさんに　なって　犯にんの　ことを　みんなに　おしえようと　おもいました。
なぜかと　いうと　わたしは　こっくりさんのことを　しんじているので　ほかにもし

んじている　ひとが　いても　おかしくないと　おもったからです。
でも　しんじてない　ひとも　います。
がっこうの　ともだちでは　はんはんぐらいです。
だんしは　みんな　しんじてないと　いいます。
でも　ひとりだけ　霊は　あるとも　ないとも　いえないと　いう　だんしも　います。
がっこうでは　こっくりさんは　きんしです。
せんせいは　いえでも　しては　だめですと　いいます。
なぜかと　いうと　霊に　のりうつられたと　おもって　へんな　ことを　したりするからです。
わたしは　きを　つけたら　だいじょうぶなのにと　おもいます。
まえに　ともだちと　うちで　こっくりさんを　したとき　ばんの　ろくじぐらいになったので　じゅうえんを　つかいに　いく　みせが　しまると　おもって　あわててかいに　いきましたが　もう　しまってましたが　わたしは　かみさまに　おいのり　したので　だいじょうぶでした。
でも　せんせいに「したら　だめです」と　いわれて　いるので　いわれてからはこっくりさんは　していません。
しょうてんがいの　ひとに　おおきな　こえで　犯にんが　いてると　いおうと　しま

いたが　こえが　でませんでした。かいものを　している　おばさんに　いおうと　したとき　また　あしが　がくっとなりました。
だから　そのまま　もたれかかったら　「きゃあ」と　いいました。
わたしは　犯にんがいてると　いいましたが　せきが　でるので　うまく　いきませんでした。
わたしの　まわりには　いっぱい　ひとが　きました。
しばらく　したら　おまわりさんが　きました。
ちかくの　ほんやさんの　ひとが　つれてきました。
そして　おまわりさんは　「ちょっと　まってて　ください」と　いいました。
しばらく　すると　きゅうきゅうしゃが　きました。
きゅうきゅうしゃは　わたしの　まえの　ほうに　とまりました。
きゅうきゅうしゃの　なかから　おいしゃさんみたいな　かっこうの　おとこの　ひとが　でてきて　わたしを　きゅうきゅうしゃの　なかに　たんかで　はこびました。
ちょっと　はしったら　びょういんに　つきました。
びょういんに　はいると　いろんな　せんせいが　わたしの　はなしを　ききに　きました。

でも　さいごは　おんなの　せんせいが　わたしの　たんとうに　なりました。
おんなの　せんせいは　わたしと　こっくりさんを　します。
それから　いつも　しろい　ふくを　きています。
かおも　しろい　です。
せんせいは　おばちゃんか　おねえちゃんぐらいです。

四人目の告白

家美《いえみ》はわたしの首に手をかけていた。

「何をする！」わたしは家美を投げ飛ばして、叫んだ。「俺を殺す気か？」

「産ませてよ！」彼女は泣きながら言った。「あなたの子よ」

「何のことだ？　いったい、どうしたんだ？」

吐き気がする。いや、すでに吐いてたようだ。家美は下着姿で泣き、震えている。わたしは素っ裸で、乳首から血を流していた。それ以外にも全身あちらこちら怪我をしているようだ。頭をさわると、手にべっとりと血がついた。ちょうど、尻餅をついた格好になっていて、立ち上がろうとすると、家中がぐるぐる回った。そういえば、さっきから、全部のものが二重に見える。目をどうかしたのか？　わたしは立ち上がることができず、また尻餅をついた。物が二重に見えるのは左右の目が別々の方向を向いているためと気が付いて、片目をつぶるとなんとか立ち上がることができた。二人は廊下の端、階段の近くにいた。踊り場の方を見ると、わたしのガウンが落ちていた。振り返って、家美を見ると、全身にガラスの破片が刺さったまま、泣きじゃくっていた。

ガラスの破片は下手に抜くと、血が噴き出しそうだな。どうしよう？　面倒なことになった。救急車を呼ぶか？　いや、それはまずい。こんな夜中に全身にガラスが突き刺さった女を病院まで運んだりしたら、ほぼ間違いなく警察がくる。警察は家美と俺の関係をしつこく訊くだろう。もちろん、警察はプライベートなことを漏らしたりはしないだろう。しかし……

「お前とはもう別れたはずだ」わたしは家美を睨《にら》みつけながら言った。「さっさと帰ってくれ」

「いやよ！」家美は叫ぶように言った。「わたしは認めないわ！　別れたなんて嘘よ！」

「嘘じゃない。何度も説明したはずだ。お前とはもうやっていけない。もう、終わりだ」

「どうして、勝手に決めるの？　わたしの意見はどうなるの？」

「お前の意見などどうでもいい。大事なのはお前の存在が俺にとって、役に立つかどうかだ」

「ひとでなし！」家美はわたしに飛び掛かってきた。「一緒に死んでやる！」

わたしは家美の脇腹に刺さっていた一番大きな破片を摑んで、腹の中に押し込んだ。家美は野獣のような声をあげて、仰向けに倒れた。

「なぜ、俺がお前と死ななければならないんだ？」

「二人は一心同体だからよ！」家美は口から泡を噴きながら言った。「それにわたしの中にはあなたの子が……」

「馬鹿な。そんなはずはない！」

「本当よ！」

「なぜそんな見え透いたことを言う？」わたしは混乱した。「お前だって、わかっているはずだ」

家美は脇腹のガラスを引き抜いた。血が噴き出し、廊下は血の海になった。

ああ、なんてことだ。絨毯《じゅうたん》は拭くだけで大丈夫だろうか？　それとも、はりかえなけりゃならんのか？

「落ち着くんだ。その出血では死ぬぞ。救急車を呼んでくる」

わたしは電話をかけにいった。

背に腹は代えられない。家美にここで死なれては迷惑だ。

受話器をとりあげると、発信音がしなかった。家美が電話線に何かしたようだ。振り向くと、家美は姿を消していた。

あれだけの傷でどこにいったんだ？

わたしはすぐ玄関に走った。血の跡がドアのところにまで続いていて、ノブにも血がついていた。どうやら、外に出ていったようだ。その時、家中の明かりが消えた。

あの女はいったい俺に何を求めてるんだ？　俺を自分のものにしたいのか？　愛してると言葉に出して言ったからか？　それとも、指輪を渡したから？　そんな言葉や物に呪縛《じゅばく》力《りょく》があると信じているのか？　いや、あいつは自分自身のことを魔女だと信じているんだ。

わたしは手探りでドアに鍵をかけた。とにかく、これであいつは家に入ってこられないと思った時、二階で物音がした。

しまった！　二階が開いていた！

慌てて、二階に駆け上がったが、わたしははたと困ってしまった。

どっちの部屋だ？　寝室か、物置部屋か。

わたしは思い切って、寝室のドアを開けた。もぬけのからだった。その時、物置部屋から、家美が飛び出してきた。真っ暗でよく見えなかったが、わたしに抱きついたとたん、左の二の腕が、炎のように熱くなった。家美はすぐにわたしから離れ階下に降りていった。ガラスの破片を突き刺したらしい。どのくらい出血しているかはわからないが、今、破片を抜くのはまずいと思って、そのまま、物置部屋に入った。部屋の窓ガラスは破れていて、雨がふきこんでいた。

最初にここから入ってきたのか。全身にガラスが刺さっていた理由もわかる。さて、どうしよう？　降りるべきか？　それとも、ここで家美の出方を見るか？　ここにいても事態は好転しないだろう。また、家美が襲ってくるかもしれない。朝までに出血多量で死ぬかもしれない。ただ、出血多量で死ぬのは家美の方が先だろうが。

わたしは窓を調べてみた。街灯のおかげで家の中よりも外の方が明るかった。

あれだけの深手でよくここまで上がってこられたもんだ。俺もここから降りられないことはないが、もし、降りている途中で攻撃されたら、防ぎようがない。やっぱり、玄関から出るしかないだろう。なんとか、玄関から飛び出して、隣の家に助けをもとめるなり、警察まで走っていくなりすればいい。

わたしはそろそろと階段を降り出した。階下に家美の気配はまったくない。階段は血でぬるぬるしているので、滑らないように気を付けなければならなかった。階段を一段降りる度に軋《きし》む音がした。

この階段はこんなにいつも軋んでいただろうか？　こんなに軋んでいては家美に感づかれてしまう。

踊り場に何かの影が見えた。

家美か？

わたしは息を止めてさらにゆっくりと、影に近付いた。片目で見ているため、遠近感がよくわからない。

よく確かめないと、俺の方が先にやられてしまう。家美には俺が見えているのか？　それとも、見えないのか？

わたしは影に飛び掛かった。しかし、その影は家美ではなく、ただの血溜《ちだ》まりだった。

「ぶごぉー！」なんと、廊下の天井に張り付いていた家美は飛び下りざま、わたしの背中に飛び掛かって叫んだ。「産ませてよ！」

わたしは血溜まりの中でもがいた。家美が天井にいたから、ここに血溜まりができたのだ。

「いい加減なことを言うな！　俺たちに子供ができるはずはないだろう！」

「どうしてよ！」

「どうしてって……」

「訳を言ってよ！」

「だって、俺は……」

そう、絶対、そんなはずはない。

わたしは家美の腹を思い切り蹴った。家美は階下まで吹き飛んだ。一瞬、家美の動きが止まり、次の瞬間、凄まじい速さで手足をめちゃくちゃに動かし始めた。その動きは人間というよりもなにか昆虫の断末魔を連想させた。家美の声は生物の発する音ではなく、どちらかと言えば、モーターかサイレンの音に近かった。あまりに激しく手足を床に叩き付けるので、敷きこんである絨毯は剝《は》がれ、その下の板も割れてしまった。わたしはどうして、家美は子供のことを言ったのだろうかと、考えながら、彼女が絶命するのを待った。あいつは子供ができたと口にすることによって、それを実現しようとしたのかもしれない。ああ、あいつは動かなくなった。さあ、あいつの目の奥を覗きにいこう。

わたしは家美の目を覗き込んだ。

死んだ女はけたたましく笑い始めた。

五人目の告白

というところまでで、ノートに書かれた文章は終わっていた。「一人目の告白」から、「四人目の告白」まで、数十ページにわたって書かれた後、一番最後の部分にただ一行「五人目の告白」と書いてある。「告白」はすべて鉛筆書きで、筆跡もそれぞれ違う。

「全部、読み終わった?」小さな白いテーブルを挟んでわたしと向かい合って座っているショートヘヤーの女が言った。「読み終わったのなら、あなたがその続きを書いてね」

女は白衣を着ていた。年齢はよくわからないが、おそらく、二十代か三十代だろう。肌の色は真っ白で、どこまでが白衣でどこからが肌なのかよくわからないぐらいだ。靴も靴下も身に着けているものはすべて白で統一している。

「続きって、つまり」わたしは女の顔を見つめて言った。「僕に『五人目の告白』を書けってことかい？」

「そうよ。題名はわたしが先に書いちゃったけど、その題名でいいでしょ」

「いいも、何も、意味がわからない。いったい、何を書けばいいのか？」

わたしも白い服を着ていた。それどころか、天井も白、床も白、壁も白、テーブルも、椅子も白、つまり、この部屋の中のありとあらゆるものはすべて白だった。

「あら、そうなの？」部屋の中で唯一赤い女の唇からため息が漏れた。「本当に何を書いていいのかわからないの？　じゃあ、最初のケースだわ。……んーと、強制しないから自由に書いてくれる？　詩でも作文でも何でもいいから」

「何でもいいと言われても困るなあ。何かテーマを出してくれよ。こういうのは苦手なんだ」

「じゃあ、推理して」

「推理？」

「そう、推理」

「何を推理しろっていうのかな？」

「今、ノートを読んだでしょ。それを推理してよ」

「これの何を推理すればいいんだよ？　だいたい、何だよ、告白とかいうのは？」

「だから、それから推理して。いったい、このノートは何なのか？」

わたしは女の顔を見て、考え込んでしまった。

この女は俺にどうしろというんだろ？　どうやら、五人目の告白を俺に書かせたいらしいが。

女の顔をじっと見ていると、だんだん、目が疲れて、痛くなってきた。周囲の白と女の顔の白の区別がなくなって、白い空間に女の目と髪と唇だけが浮かび上がっているような錯覚を覚えた。

なるほど。この女の考えがわかったぞ。

「じゃあ、こうしよう。推理はする。ただし、直接、推理するのではなく、君が僕に推理して欲しいと期待する内容を推理しよう」

「えっ？　何を言ってるの？」

「だから、君は僕にさっき推理しろって言ったね」

「ええ」

「つまり、君は僕に何かを推理して欲しいと思っているわけだ」

「まあ、そういうことね」

「それで、君の目的は何かというと、本当にこのノートの正体がわからないので、僕に推理して欲しい、ということじゃなさそうだ。もし、そうなら、自分で『五人目の告白』なんて題名を書き込んだりするのは不自然だし、僕に続きを書けなんて言えるはずはない。どうかな、今までのところは？」

「なかなか、興味深いわ」白女は無表情に言った。「続けて」

「ということは、君の目的は僕に推理させることそれ自体だということになる。そこで問題になるのは君はどのような結論に僕が達すれば、満足なのかということだ」

「それを推理しようというの？」

「そう。直接、僕の推理を述べるのではなく、君が僕に望んでいる推理を間接的に推理するんだ」

「なかなか、面白そうなゲームね」白女はつまらなそうに言った。

「今の言葉で同意を得られたものと判断するよ。さて、このノートの内容だが、こうなっている」

わたしはノートの一番後ろのページを引き裂き、それに次のように書き出した。

①一人目の告白
主人公……女性（おそらく成人）
内容……深夜に謎の女性が自宅に不法侵入し、襲ってくる。

②二人目の告白
主人公……男性（学生か成人）
内容……自宅の庭に死体がある、もしくは、あると思っている。
③三人目の告白（さんにんめのこくはく）
主人公……女性（小学生の低学年）
内容……不審な男性に自宅の庭から追いかけられる。
④四人目の告白
主人公……男性（成人）
内容……深夜、自宅で女性を殺害。
⑤五人目の告白
題名のみ。

「推理の材料はこれだけに限定されるのかな？」

「どういうこと？」

「つまり、君からの協力は期待できるの？　別の証拠とか、証言は？」

白女は無言で首を横に振った。

「ということは、推理の根拠になるのはこのノートだけということになる。となると、最初の問題はこのノートの内容が本当の告白か単なる創作かということだ。僕は本物の告白と仮定したい。なぜなら、他に拠《よ》り所となる資料がないのだから、このノートが本物の告白か単なる創作かは勝手に仮定するしかないわけだし、もし、創作だと仮定すると、それで推理は終わってしまう。フィクションを基に推理するのはナンセンスだ。だから、この告白が創作であるという可能性は否定しないが、ひとまず、本当の告白だと仮定して、推理を続けるよ」

白女は今度は首を縦に振った。

「さて、『五人目の告白』を除いた四つの話にはそれぞれ別々の主人公がいて、どうやら、君は僕に五人目の主人公になって欲しいらしい。まあ、そのことは置いておくとして、四つの話にはそれぞれ関連があるように思える。つまり、女性の殺害だ。しかし、また、それぞれの話を読み比べると相互に矛盾していて、なかなか一つにまとまらない。これをどう捕らえるか？　四つの別々の事件の記録の寄せ集めとみるか、それとも、一つの特異な事件の四種類の記録とみるか。これも仮定するしかないが、四つの別々の事件の寄せ集めだとしたら、やはり、そこで推理は終わってしまう。なぜなら、別々の事件の記録なら相互に矛盾していて当然だし、そこにさらに推理すべき余地はなくなってしまう。つまり、ここでは、事件は一度しかなかったと仮定せざるをえない」ここで、わたしは少し言葉を切った。「さて、ここから、推理を進めるにあたって一つルールを提案したいんだが、いいかな？」

「ルールの内容によるわね」

「ルールの内容はこうだ。このノートの内容を説明できる推理が二つ以上成立するときは最も蓋然性《がいぜんせい》の高いものもしくは最も単純なものを選ぶ」

「どういうこと？」

「普通の推理では、いくつかの証拠から仮説をいくつかたて、それぞれの仮説を検証する。つまり、新しく、証拠を探したり、目撃者の証言を求めたり、時には、実験したりする。しかし、今回の推理では君に情報を限定されてしまっているので、検証のしようがないんだ。だから、さっきのルールを認めて欲しい」

「わかったわ」

「ありがとう。さて、推理に入ろう。

問題になるのはそれぞれの告白にある矛盾点だ。『一人目の告白』では主人公が殺されたような結末になっているが、それはありえない。現に告白を書いているからには死んでいないと推定される。いや、これは矛盾というほどのことじゃあない。次に『二人目の告白』ではある男の家に女性の全裸死体が捨ててある。『一人目の告白』で、登場したどちらの女性の死体かははっきりしない。『さんにんめのこくはく』は『二人目の告白』から直接繋《つな》がるように見えるが、そうじゃない。つまり、『二人目の告白』では死体は男の家にあったのに、『さんにんめのこくはく』では少女の家にあったことになっている。つまり、この二つの話は直接に繋がってはいない。だれかが死体を運んだことになる。男の家から少女の家にか、あるいは、その逆か。しかし、『さんにんめのこくはく』を読む限り、事件はすでに警察に発覚しているので、男の家から、少女の家へ、というのが順当だろう。ところで、『さんにんめのこくはく』の最後の部分に不思議な女医が出てくる。この女医はなぜ、少女と心霊遊びをするのか？」

わたしは白女を見た。気のせいか少し微笑んだような気がした。

「次に『四人目の告白』だ。ここでは、殺人が行われている。正当防衛の可能性もあるが。しかも、興味深いことに『四人目の告白』の内容は『一人目の告白』の内容に直接繋がっている。ただし、主人公が突然、女から男に変わっていて、侵入してきた女の正体も、いきなり明らかになっている。この家美という女のことは『一人目の告白』の主人公はまったく知らなかったようだ。さて、これはどういうことか？　一軒の家に男女が住んでいたのか？　いや、その可能性はない。『一人目の告白』でも、『四人目の告白』でも、主人公と家美以外の人物が家にいるとは一度も言及されていない。このような状況で家族もしくは同居人に言及しないのは異常なことだ。最初に決めたルールにしたがって、この可能性は棄却する。となると、残る可能性は『一人目の告白』と『四人目の告白』の主人公は同一人物だということだ」

白女は目を見開いた。

「この場合、二つの可能性が考えられる。一つは単に一人の人物が男女二人の人格を演じていたということ。しかし、家美に対し、主人公が女を演じることの理由がない。したがって、この可能性もルールにのっとって棄却する。もう一つの可能性は多重人格だ」

白女は大きく頷《うなず》いた。

「さらにこの仮説を『二人目の告白』と『さんにんめのこくはく』の主人公にまで広げると、よりすっきりした形になる。全員、家で殺人があった、もしくは、庭に死体がある。全員、家族に対する言及がまったくない。これらのことを説明するには死体の二度以上の移動など複雑な仮説をたてるか、全員が同一人物の別々の人格であるという奇妙だが、単純で魅力的な仮説をとるかだ。そして、多重人格仮説をとれば、どうして、この四人の告白がひとまとめになっているかの説明も容易にできる。付け加えるなら、『さんにんめのこくはく』の女医は精神科医と考えれば、患者と心霊遊びをするということも不思議でなくなる」

「結論は⁉」白女の目と口は白い空間に浮かび、その大きさも距離も刻々と変化した。視野いっぱいに広がったと思えば次の瞬間には何キロも彼方《かなた》に遠のき、そして、また次の瞬間には黒い瞳《ひとみ》に吸い込まれそうになった。「推理の結論は⁉」

「結論はでない」やっとのことでわたしは答えた。「この告白を書いた人物が多重人格者だとすると、正常な精神状態の下での記述だとは考えられない。つまり、もうこれ以上の事実は引き出せない。本当に殺人があったのかどうかも定かではないと思う。ただし……」

「ただし?」

「このノート以外にも情報がある。そう、君は『五人目の告白』を僕に書くように、と言った。これは『さんにんめのこくはく』の女医の姿が君を思い出させることにも符合する。つまり、君は僕にこう推理させたかったんだ。『僕は五人目だ!』と」

白女のマニキュアを塗った爪が空を飛び拍手を始めた。

「ついにやったわね。あなたは回復しつつあるのよ‼」

「残念ながらそうじゃない」わたしは無理に白女の目から視線を引きはがし言った。「僕はあくまで君の代弁をしただけだ。最初に言った通りこれは僕自身の推理ではない。僕は五人目ではない」

「何ですって⁉　あなたは正しく推理したはずだわ。どうして、自分が五人目でないと断言できるの？　根拠は何？」

「探偵が犯人なのはルール違反だからさ」わたしは微笑むことができた。「いや、今のは冗談だよ。僕は実はもう一つ情報源を持っている。つまり、僕自身の知識だ。ここに一つの知識がある。この知識によって今までの推理はすべて覆る」

「どんな知識を持っているというの？　あなた、さっき言ったじゃない。正常な精神状態の下での記述でなければ、信じられないと。あなたは、多重人格障害だから、自分自身の知識も信じられないはずよ」

「確かに一理ある。ただ、本当に信じられないとすると、今までの推理全体が無意味になって振り出しに戻ってしまう。それでもいいのかい？」

白女の目は空中からわたしを睨みつけた。

「いいわ。言ってごらんなさいよ、その知識を」

「そう、僕は知っている。あのノートは君が書いたんだ」

一瞬、白女の姿が人間のそれに戻った。

「わかったわ」再び、彼女は白い空間に溶け出した。「じゃあ、今度はわたしが推理するわ、あなたの考えを。いいわね」

「ああ、これであいこだ」

「あなたは、あのノートをわたしが書いたと思っている。でも、何のためにわたしはそんなことをしたのかしら？　もちろん、あなたに読ませるためということになるわ。そして、芝居をする。自分が書いた四人分の告白をあなたに見せ、続きを書けと言う。つまり、あなたはこう言いたいのね。『わたしはあなたを精神科医の立場を利用して多重人格者に仕立てあげて、殺人の濡衣《ぬれぎぬ》をきせようとしている』と」

「いや、違うんだ。君はまったく勘違いしている。そうじゃないんだ。君は何にも知らなかったんだ。実を言えば……そのショックかもしれないが、君は女医ですらない。君は……その……君こそが五人目なんだ!!」

「馬鹿な！　だって、おかしいわ！　もし、そうだとして、なぜそのことをあなたが知っているの？」

「ああ、やっぱり、ルール違反かもしれない。僕は六人目なんだよ」

白女はけたたましく笑い始めた。

独裁者の掟

「こんな時間に何の用だ?」総統は突然執務室に飛び込んで来た男に詰問《きつもん》した。

「個人的にはあなたには何の恨みもありません。しかし、あなたに生きていられては、この国の民衆が不幸になります」男は懐から銃を取り出した。「こんなことになって残念です」

「わたしもだ」肘掛にかけられた総統の指先が僅かに動いた。

部屋のあちこちに仕掛けられた自動装置が一斉に稼動する。男は無数のビームに打ち抜かれた。生きていたときの面影はまったくない。ただの肉塊になり、ぴくぴくと動いていたが、それもすぐにおさまった。

「誰かをすぐここに来させろ」総統は眉毛一つ動かさずに言った。「部屋の掃除が必要だ」

「勝手に外に行ってはいけないよ。わかったかい?」大使は小さな少女の肩に手を置き、優しく言った。「外に行きたい時はちゃんとそう言うんだよ」

少女は利口そうな円《つぶ》らな瞳を輝かせて答えた。

「じゃあ、今からお外に行ってもいい？」

「それは駄目だよ。お父さんはこれからこの国の偉い人と大事なお話がある。三人の兵隊さんのうち、二人はお父さんについてこなくてはいけないし、残りの一人はこのブロックから出るわけにはいかない」

「もっと兵隊さんに来てもらったらよかったのに」少女は唇を尖らせる。

「この国の人たちとの約束で、三人だけしか連れてこられないんだ」

「どうして、そんな約束をしたの？」

「この国の人たちは第一帝国のことをとても怖がっているんだ。だから、大勢の兵隊さんたちが来ると、戦争を始めるつもりだと思ってしまう」

「でも、わたしたちは戦争を始めるつもりなんてないんでしょ？」

「そうだよ、カリヤ」大使はカリヤの頭を撫ぜる。「だが、中には戦争が好きな人もいる。この国の人たちは第一帝国の中のそんな人たちのことを心配しているんだ」

「戦争が好きな人って、総統のこと？」

大使の手の動きが止まった。顔が真っ青になる。そして、深呼吸をした後、静かに言った。「そんなことを言ってはいけないよ。絶対に駄目だ」

「わかったわ。でも、どうして？」

「理由も訊いちゃ駄目だ」大使は少し厳しい顔になる。

「総統が怒るの？」

「子供は総統のことを考えなくてもいいんだ。それは大人の仕事だ」

「お父さんも総統が怖いの」

大使は周囲を見回す。「怖くはない。ここに来ることもお父さんと総統が話し合って決めたことだ。何も心配することはないよ」

「じゃあ、総統は怖くないのね」

「そうだ。カリヤはいい子だ。ジェニーと一緒に待っててておくれ」大使はもう一度カリヤの頭を撫ぜ、部屋から出ていった。

大使が出ていって十分後、カリヤはそっとドアを開け、外を覗く。

廊下には兵士が立っていた。

「どうかしたのかな、カリヤちゃん？」兵隊はしゃがみ込み、優しく問い掛けてきた。

「おじさんはわたしと一緒にこのブロックから出てはいけないの？」

「今はね。残りの二人の兵隊さんが帰ってきたら、一緒に外に行ってあげよう」

「お父さんはいつ帰ってくるの？」

「さあ、どうかな？」兵隊は困ったような顔をした。「お父さんはこの国の偉い人と大事なお話があるんだよ。だから、急がずにゆっくりお話をしなくてはいけないから……」

「戦争のこと？」

兵士の顔が強張《こわば》る。「カリヤちゃんのお父さんは立派な人だ。お父さんが頑張っているんだから、戦争になんかなりっこない。何も心配なんかすることはないんだよ」

「ふうん」カリヤは納得いかないまま、相槌を打つ。「わたしね、お腹《なか》が空いたの」

「ご飯はさっき食べただろ」

「お菓子が食べたいの。お父さんはいつもご飯が終わってしばらくしてからお菓子をくれるわ」

「我慢できないのかい？」

少女は悲しそうに首を振る。

兵士は諦め顔でポケットを探る。

「ごめんよ。外に出れば売っているかもしれないけど……」

「台所になら、あるかもしれないわ」少女は目を輝かす。「前に見たことがあるもの」

兵士は少し考え込んだ。「じゃあ、少しここで待っていて。二、三分で引き返してくるから」

兵士は廊下の向こうに姿を消した。

「お父さんは『勝手に外に行ってはいけない』って言ったのよ」カリヤは言った。「だから、誰かに言ってからなら、構わないはずなのよ。ジェニー、わたし外に行くからね。これで大丈夫だわ」

カリヤは胸に抱いた人形にそう言うと、そっと椅子の上に置き、ブロックの外へと出ていった。

「総統、お怪我はありませんでしたか?」青ざめた顔の秘書官は部屋に入るなり尋ねた。

「見ての通りだ」総統は椅子に座ったまま、冷たい目で秘書官を睨む。「わたしを襲ったのは何者だ?」

「現在、調査中であります」

「第一帝国内の反体制勢力か、民主連邦のスパイかで、話は変わってくる」総統は考え込む。「どちらにしても、今騒ぎを起こされるのは拙《まず》い。早くつきとめろ。二時間以内にだ」

「もし二時間たっても、判明しなかった場合はいかがいたしましょう?」秘書官は袖で額の汗を拭った。

「必ずつきとめろ。もしわからなかったら、両勢力に対し、報復しなければならない。……そして、もちろん、あなたにも相応の責任をとってもらう」

カリヤは見るものすべてが珍しく、きょろきょろと周囲を見回しながら、廊下を進んだ。あまりきょろきょろしていたものだから、同じく余所見《よそみ》をしていた男の足にぶつかってしまった。

「おや？」男はカリヤを見て興味を覚えたらしい。「おまえ変わった服を着ているな。親はどこだ？」

「どうかしたか、ゴウマ？」近くにいた別の男が声を掛けてきた。

「この子供の服を見ろよ」

「何だ、こりゃ？」

「知らねえのか？」

「ああ。何かのまじないか？」

「こりゃ、第一帝国の服だ」

「本当に？　でも、第一帝国人は今までにも見たことあるけど、こんな服は着てなかったぜ」

「おまえが見たってのは、どうせ軍人か政治家だろ。間違いない。これは第一帝国の子供服だ」男はカリヤの腕を乱暴に摑む。「上等な生地だ。それに」男はカリヤの顎を指で押し上げる。「なかなか可愛い顔をしてるじゃねえか」

カリヤは恐怖で声を出すこともできなかった。

その時、突然男は苦痛の声を上げ、蹲《うずくま》った。声をかけようとしたもう一人の男の頭に小さな金属の玉がぶつかり、同じように蹲る。曲がり角の陰から少年が飛び出してきた。

年はカリヤより、二つ三つ上だろうか。

少年は呆然と立ち尽くすカリヤの腕を摑んだ。「何をぐずぐずしてるんだ⁉　早く逃げろ！」

カリヤは訳もわからず、少年と走り出した。


「報告いたします」目の下に隈を作った秘書官はしゃがれた声を出した。「総統を狙った組織が判明いたしました。『新しき星』です」

「ご苦労」総統は爪を磨きながら言った。「ところで、事件が起こってからどれだけになる？」

「半日です」

「わたしは何時間以内につきとめろと言った？」

「二時間です」秘書官の声は今にも消えそうだった。「しかし、わたしは……」

「言い訳は聞きたくない」総統は椅子を回転させ、背を向けた。

「総統、これからわたしは……」

総統はインターコムのスイッチを入れた。「リヒェルト、執務室にすぐ来い。あなたが新しい秘書官だ」

「総統……お助けください……」元秘書官は震えていた。

「さようなら」

人通りの多いブロックの広場のベンチに二人は倒れ込んだ。広場といっても、大勢の人間でごった返しているうえに、天井が低いので開放感はまったくない。

「あいつら、ごろつきだ。それに変態なんだぞ」少年はまだ息を切らしていた。

「変態って？」カリヤは天井の不思議な模様を見ながら尋ねる。

「えっ？」少年は目を丸くした。「知らないのか？」

「うん」

「つまり、悪い大人だ」

「大統領みたいなもの？」

「大統領？　大統領って、民主連邦のか？」

「そうよ」

少年はカリヤの口を押さえた。「そういうことは第一帝国で言いな。この国でそんなことを言ってたら、長生きできない」

少女は何度も首を縦に振る。少年は恐る恐る手を離した。

「どうして長生きできないの？」

「おまえ本当に第一帝国から来たのか？」

「うん」

「第一帝国で総統の悪口を言うやつはいるか？」

「知らない」

「誰かが総統の悪口を言ったのを聞いたことあるか？」

「ないと思う」

「おまえが総統の悪口を言ったとしたらどうなる？」

「お父さんが『駄目』って言うよ。『子供は総統のことを考えなくっていい』って」

「ここでも、そうなんだよ。子供は大統領のことなんか考えなくってもいい」

「ふうん」

「代わりに総統のことを言うのは自由さ。総統の糞ったれ‼」

周りを歩く大人たちは一瞬少年を見て、眉をひそめたが、特に咎《とが》めるでもなく、そのまま通り過ぎていく。

「なっ」

「総統って、糞ったれなの？」

「知らないよ、総統のことなんか」

「知らない人を悪く言ってはいけないわ」

少年はしばらくきょとんとカリヤを見ていたが、やがて大きな声を出して笑い出した。

「俺、チチルってんだ。よろしく」少年はカリヤの手を握った。

『新しき星』のアジトを急襲し、全員射殺いたしました」新秘書官は誇らしげに言った。

「皆殺しにしろと誰が言った?」総統は不機嫌そうに言った。

「いえ……。総統がそうお望みかと……」

「わたしは、そのようなことは望んでいない。彼らの考えを知る機会は永遠に失われてしまった」

「わ、わたしは、そ、総統のためを思って……」

「畏《おそ》れなくてもいい」総統は面倒そうに言った。「それぐらいのミスで、あなたをどうこうするつもりはない。とにかく、わたしを敵視する組織に対する牽制にはなったはずだ」

新秘書官は安堵の溜め息をついた。

「出発は明日の何時だ?」

「はい。午前十時でございます」

「大使からの報告は?」

「まだです」

「遅いな」

「ひょっとすると、何かトラブルがあったのかもしれません」

「トラブル？」

「民主連邦が何かを企んだのやもしれません」

総統は高笑いする。「このタイミングではあり得ない。やるなら、もっと後だ。やつらも馬鹿ではあるまい。みすみす自分の命を短くするようなまねはしないだろう」

「まともな輩《やから》ならそうでしょう」

「やつらはまともでないと？」

「もちろんです」新秘書官は自信たっぷりに頷く。「まともなやつらなら、そもそも閣下に逆らおうとなぞするわけはございません」

総統は再び笑い出した。笑いながら、涙を流し、腹を押さえながら、なおも笑う。

新秘書官は心配そうに総統を見つめる。

三分ほどたち、ようやく総統の笑いの発作も収まった。「あなたは本気でそう思っているのか？」

「もちろんです」

「おめでとう。あなたは秘書官を続けていられる。なぜなら、わたしは嘘吐《うそつ》きが好きだからだ」

「第一帝国の人と民主連邦の人はどうして、仲が悪いの？」カリヤは無邪気に尋ねる。

「おまえ、本当に知らねえのか?」

カリヤは頷く。

「要は燃料の取り合いさ」

「燃料?」

「そう。宇宙船の燃料さ」

「宇宙船って?」

「宇宙を旅する乗り物だ」

「宇宙って?」

「俺たちがいるところだよ」チチルは腕組みをした。「ええと。空っぽがあるんだ。それはとんでもなく大きくて、中にはたくさんの世界がすっぽり入るぐらいなんだ」

「大きな空っぽがあるのね」

「空っぽの中を物凄い速さで飛び回る乗り物が宇宙船だ。宇宙船にはぴんからきりまであって、一人乗りの狭苦しいのから、世界を丸ごと抱え込んでいるようなとびっきりでかいのもある。わかるか?」

カリヤは頷いた。

「本当か? まあ、いいや。それで民主連邦と第一帝国はそんなとびっきりの宇宙船の中にあるんだ」

「同じ宇宙船の中？」

「別々の宇宙船だよ。おまえ、第一帝国から民主連邦に来る途中、宇宙空間を通らなかったか？」

カリヤは首を振る。「ううん。ずっと夜が続いていただけで宇宙空間はなかったわ」

「その夜が宇宙空間なんだ。外から見たこの世界はどうだった？　旅の終わりには何か大きな物に近づいたはずだ。綺麗だったか？」

「こんな丸い形で……」カリヤは手で円筒の形を表現した。「ごちゃごちゃしていて、あんまり綺麗じゃなかった」

「そうか。綺麗じゃなかったか。そうじゃないかと思ってたんだ。なにしろ、ブロックが寄せ集まってできてるんだからな。もちろん、ブラックホールだけはブロックでできてないけどな。その他は量子ラムジェットエンジン機構も含めて全部同じ形のブロックの組み合わせだけでできている。昔のやつらは奇妙な仕組みを考えたもんだ。第一帝国もブロックが集まってできてるんだろ？」

「うん。おうちのブロックでここに来たの」

チチルは口笛を吹いた。「ブロックまるまる一つを家にしてるのか？　おまえんち、めちゃくちゃ金持ちだろ」

「わからないわ」

「俺の住んでいるブロックには五十家族も住んでいる。それにエンジンが壊れていて、自力移動もできない」

「じゃあ旅行の時はどうするの？」

「足を使うんだ」

「ふうん。そうなの」

チチルはしばし考え込む。「考えてみれば不思議だよな。第一帝国から来たブロックが何の問題もなく、すんなり民主連邦のブロックとドッキングできるんだから」

「どうして不思議なの？」

「二つの宇宙船は同じ技術で作られてるってことさ。初めから仲が悪かったとしたら、わざわざそんなことをするはずがない」

「じゃあ、昔は戦争なんかしてなかったのね」

「さあ。今となってはわからない。わかっているのはここ何百年間も二つの宇宙船が戦い続けていたってことだ」

「燃料の取り合いで？」

「そう。燃料の取り合いだ。二つの宇宙船のエネルギー源はどちらも同じで、量子ブラックホールだ。知ってるか？」

カリヤは首を振る。

「だろうと思ったよ。ブラックホールってのは、言うなれば時空に開いた穴だ。普通は、とっても重くて、なんでもかんでも吸いこんで、何も吐き出さない。ところが、小さなブラックホールに限っては、エネルギーや物質を吐き出すんだ。それも小さく軽いブラックホールほど吐き出すエネルギーは大きい。つまり、小さなブラックホールを放っておくと、エネルギーを放出して、どんどん小さくなってしまうんだ。すると、さらに吐き出すエネルギーが大きくなる。こうやって最後には爆発してしまうわけだ。もちろん、簡単に爆発していては宇宙船のエネルギー源にはならない。爆発させないためには、いつもブラックホールに餌をやらなきゃならないんだ」

「餌？」

「餌といっても、何も食べ物をやるわけじゃない。質量さえあれば何でも餌――つまり燃料になるわけだ。街にごみ一つないのは、不用になったものはみんな燃料にされるからだ。ごみだけじゃない。ブロックでも人間でも同じことだ」

「人間？」

「死体や犯罪者のことさ。おまえんとこでもそうだろうけど、死体や犯罪者はたいていブラックホールに突き落とされる。最近はそれでもおっつかなくなってきて、年寄りも燃料にしちまおうってやつらまで出始めてるんだ」

「お爺さんやお婆さんを燃料にしちゃうの？」

「背に腹は代えられない。知ってるか？　昔は便利な道具がいっぱいあったんだぞ。テレビとか、電話とか、ビデオとか、電子レンジとか、洗濯機とか」

「今でもあるわ。見たことあるもの」

「おまえのうちみたいな金持ちにとってはまだ珍しくないんだろうな。俺たちはただ話に聞いているだけだ。便利なものでも、生きるのに必要がないものは全部切り捨てたんだ」

「全部燃料にしたの？」

「何もかもだ。そして、これからもそれは続く。最初はそれほど大事でないもの、それからとても大事なもの、最後はなくてはならないものまで、ブラックホールにくべちまうんだ」

　カリヤは泣きそうな顔になった。「じゃあ、どうすればいいの？」

「死にたくなければ、どこかから燃料を調達してこなくちゃならない。しかし、周りは何もない宇宙空間で、しかも俺たちは準光速で飛んでいる。燃料を手に入れられる場所は二つ。ここと あそこだ」

「民主連邦の人は第一帝国の人から大事なもの、なくてはならないものを取り上げようとしているの？」

「お互い様だ。昔は相手の国から出るごみをこっそり持ちかえるぐらいだったが、最近ではとても荒っぽいことをしている。中に人間が住んでいるブロックをぶっ壊してそのまま破片や死体をタンクに詰めて持って帰ったり……」

「このまま二つの国が取り合いを続けたらどうなるの？」

「そのうち飛べるブロックもなくなって、戦争もできなくなる。最後にはそうだな。爆発に捲《ま》き込まれて死ぬか、自分も燃料になるかだろうな」

「ご命令通り、民主連邦の周囲に戦闘用軍事ブロックを隈なく配置しました。蟻の這い出る隙間もありません」宇宙軍司令官は意気揚々と報告した。

「砲門はどちらを向いている？」

「はっ？」

「戦闘用ブロックはなんのために配置されているのだ？」

「それは、もちろん民主連邦内の反第一帝国勢力を牽制するためです」

「ならば、砲門はどちらに向けるべきだろう？」

「しかし、砲門を民主連邦に向けたりしたら、戦闘行動ととられはしませんか？」

「とられても構わない。まさに戦闘行動なのだから」

「そのようなことをすれば、親第一帝国派さえ寝返りかねません」

「今さら、誰がどちらにつこうと情勢は変わらない。大事なのはこちらの意図を相手に理解させることだ。『われわれにはあなたがたの言葉に耳を傾ける準備はない』不穏な動きがあれば、芽のうちに摘み取ってしまわねばならない。おかしな動きがあればすぐに発砲しろ。確認は事後で構わない」

「しかし……」司令官はなおも食い下がろうとした。

「まだ、何か？」総統は囁くように言った。

司令官は総統の目が鋭くなるのを見逃さなかった。何かの行動を起こす徴候だろうか？　そう。これ以上、司令官が命令に従わなかった場合、総統はほんの小さな動きをするはずだ。手を振るか、指を鳴らすか、あるいは軽く欠伸《あくび》をするのかもしれない。そして、次の瞬間、司令官はいなくなる。総統は確実にやるだろう。命令に従わない軍司令官ほど危険なものはないということを総統はいやというほど知っている。なにしろ、総統がクーデターを起こせたのも軍を掌握したからだ。

「いえ。何も」司令官は口を噤《つぐ》む。

総統の顔が和《やわ》らぐ。

司令官は敬礼し、部屋を出ていこうとする。

「ちょっと待て」総統が司令官の背中に向かって、呼び止める。

司令官の腋の下に冷や汗が流れる。

「はい？」

「砲門を民主連邦に向けろと命令した時、すべてのブロックは命令に従うだろうか？」

「わかりません。彼らは軍人として命令をきくように訓練はされていますが、それ以前に心を持った人間なのです」

「命令に従わないブロックは砲撃しろ。そいつらは危険だ」

総統の眼光が司令官の心臓を貫く。

駄目だ。とても逆らえない。

「ご命令のままに」司令官は屈服した。


「もう戦争をやめなくちゃいけないわ」

「そう思っているやつは多いさ。けど、肝心なやつらがそう思っていない」

「肝心なやつらって?」

「俺たちの大統領とおまえたちの総統さ」

「誰かがその人たちに教えなきゃいけないわ」

「教えに行ったやつらは何人もいるさ。でも帰ってきたやつはいない」

「どうなったの?」

「それは訊かないでくれ」

「教えるのがだめなら、戦争をやめようと思っている誰かが、総統や大統領になればいいのよ」

「戦争が嫌いなやつは絶対大統領にも総統にもなれないんだよ」

「どうして?」

「大統領や総統になりたい大勢のやつと戦って、勝ち抜いたやつが大統領や総統になるんだ。だから、結局戦争好きが国を動かすことになる」チチルは訳知り顔で言った。

「それに、戦争をやめたって、どうなるものでなし。ただ、死ぬのが早いか、遅いかの違いしかないわけだし……。おい、泣いてるのか?」

カリヤは泣いた。不幸な世界のために。そして、そのことを今まで知らなかった自分に。無力な自分に。

ああ。可哀相なチチル。可哀相なお父さん。可哀相なわたし。可哀相な総統。もうすぐ何もかも終わっちゃうんだわ。

「ごめんよ、怖がらせて。そんなつもりはなかったんだ……」

通りすがりの人々が二人を見ていく。何人かが立ち止まり始めた。二人を怪しんでいるようだ。

「そうだ。これをあげるよ。だから、泣き止んでくれよ」チチルは小さなきらきらとする赤いものをカリヤの掌《てのひら》に置いた。

「何、これ?」

「宝石だよ」

「宝石って？」

「きらきら光る石のことさ。昔の女の人たちはこれを身につけてたんだ。ほらここにピンがあるだろ」チチルはカリヤの胸に宝石のブローチを留めた。

「石」というのがなんのことか、わからなかったが、カリヤは質問しようとは思わなかった。宝石の美しさに心を奪われたのだ。カリヤにはそれが魔法使いの凍らせた炎のかけらのように見えた。

「今はどうしてつけなくなったのかしら？」

「ほとんど残ってないからだよ。宝石は綺麗なだけで生きていく役にはたたない。だから、とっくの昔に燃料にされちまったんだ」

これが役に立たないって？　とんでもない。こんなに心をうきうきさせてくれるのに！

「でも、どうしてこの石は燃料にされなかったの？」

「どうしても捨てられなかった人が隠してたんじゃないかな。俺はこれを姉ちゃんに貰った。姉ちゃんは母ちゃんに貰ったたって。その前は知らないけど、たぶん祖母《ばあ》ちゃんから貰ったんだと思う」

「チチルはお母さんやお姉さんと暮らしているの？」

チチルは首を振った。「俺は仲間たちと暮らしている。俺と同じように家族がいないやつらさ」

「お母さんたちはどこにいるの？」

チチルは悲しげな目をした。「あの日、俺と姉ちゃんが家に帰ろうとしたら、廊下が途中でなくなっていたんだ。灰色の大きなシャッターで遮《さえぎ》られてた。兵隊たちが大勢いて、何かを大声で叫びながら、作業をしていた。俺と姉ちゃんは兵隊たちにここを開けてくれって頼んだんだ」チチルは目を瞑《つむ》った。「そしたら、シャッターの向こうは真空の宇宙空間だって言われた。俺たちは、そんなはずはない。だって、俺たちの家はシャッターの向こうにあるんだから、と言った。兵隊は俺たちから目を逸らして、手で向こうに行けと合図したんだ。俺はその時になってもまだ何が起こったかよくわかっていなかった」

「わたしの国の兵隊さんがやったの？」

チチルはカリヤの質問には答えずに話し続けた。「その日から、俺と姉ちゃんには家がなくなった。子供だけではどうやって食べていけばいいかもわからず、ブロックからブロックへと渡り歩くことしかできなかった。二人ともやせ細って飢え死に寸前だった。そんな時、姉ちゃんに仕事を世話してくれる人がいた。姉ちゃんは嫌々仕事をしていた。でも、俺を食わすために我慢をしていた」

「どんなお仕事？」

「人は大事なもののためには、何だってできる。どんな汚いことも」

「お姉さんはどうなったの？」

「死んじまった」そう言ったきり、チチルは黙った。

「これ返すわ」カリヤはチチルに宝石を差し出した。

「気に入らないのか？」

「ううん。とっても素敵よ。でも、これにはお姉さんの思い出があるんでしょ」

「宝石がなくたって、目を瞑れば、姉ちゃんのことははっきり思い出せる。……がりがりに痩せてて、手には青い血管が浮きでてて、でも……とても綺麗だった」チチルは宝石をカリヤの手に戻す。「これはおまえが持っとけ。女につけてもらったほうが姉ちゃんも喜ぶさ」

「ねえ。チチル、あなたのおうちに連れていってくれない？」

「あんな危ない目に遭って、まだ懲りないのか？　自分の家に帰るんだ。俺がパチンコを撃たなきゃ今ごろどうなってたか……」

「いったん家に帰ったら、きっと二度と出してもらえないわ。わたし、この国のことをもっと見ておきたいの」

「じゃあ、勝手にしろ」チチルの声は心なしか弾んでいた。

「あなたは何が燃料不足の原因か知っているか？」

「はっ？　ブラックホールのことでしょうか？」

「もちろんそうだ。なぜやつらにこれほど燃料を食わさねばならんのか、わかるか？」

「燃料を補給しなければ、さらに暴走して手がつけられなくなるからです。最後には爆発してしまいます」

「なぜ暴走が始まったか、知ってるか？」

「申し訳ございません、閣下」

「知らぬのが当然だ。戦時においては子供たちに正しい歴史を教える余裕はない。そして、戦時は何百年も続いている。為政者ですら歴史を忘れ去り、正しい知識はほんの一握りの人々にだけ継承されてきた。わたしが偶然知ることになった暴走の理由はこういうことだ。通常、エンジンの出力は燃料の投入量に比例する。ところが、量子ブラックホール・ラムジェットエンジンはそんな単純な動作はしない。もちろん、周辺の降着円盤から発生するエネルギーは燃料の投入量に比例しているのだが、ブラックホールの本体からのホーキング放射は燃料を投入しようがしまいが、常に発生し続ける。発生するエネルギーはブラックホールの質量に反比例する。つまり、エネルギーを放出すればするほどブラックホールはどんどん軽くなり、同時に熱く明るくなる。われわれの祖先は恒星船を設計する時、宇宙空間から取り入れる燃料と発生するエネルギーがぴったり同じになるように設計していた。燃料が過剰ならブラックホールは肥《ふと》って冷えてしまい、エネルギー発生が過剰なら痩せて熱くなるからだ。最初のうち、このシステムはうまく機能していた。しかし、人類初の試みゆえ、予想だにしない事態が起こっても不思議ではなかった。二つの宇宙船は物質が極端に少ないヴォイドと呼ばれる領域を通過した。そして、その領域は地球の科学者たちが想定したのよりもほんの少しだけ、広かったのだ。燃料不足に陥ったブラックホールは徐々に痩せていき、再び豊富な物質がある領域に辿りついた時には、危険なほどに出力が上がっていた。宇宙空間から取り入れる燃料より発生するエネルギーが常に上回った。そして……あとはあなたがたも知っている通りだ。われわれはブラックホールのさらなる暴走を食い止めるために、自らの生存に必要な物質まで燃料にしてきた」

「このような歴史は初めて伺いました」

「現在の状況はわれわれの本来の姿ではない。われわれが過剰なエネルギーと物質の欠乏という問題を解決するための手段はブラックホールに投入する燃料の量を少しでも多くして、ブラックホールの質量の減少を止めようとすることだった。だが、この方法は結局破滅を先送りにしているに過ぎなかったのだ。ブラックホールに投入できる物質の量は限られており、いつかは限界に達する。華やかな短い時間の後の一瞬の炎か、長い貧困の時間の後の一瞬の炎か、あなたなら、どちらを選ぶだろうか？」

「答えられません、閣下」

「我が国民は長らく貧困に耐えてきた。これに関してどう思う？」

「残念なことです。しかし、それは我が国民も同じことです」

「それは理由にならない」総統は欠伸を漏らした。「わたしはブラックホールを正常に戻すための正しい方法を長年主張してきた。長い時間をかけてちびちび質量を投入するのではなく、短時間に大量の質量を投入するのだ。そうすれば、エネルギーの発生量が減少し、もとの安定した平衡《へいこう》状態が取り戻せる」

「しかし、質量を投入した直後には膨大なエネルギーが発生することになる」

「それは問題ない」

「あなたがそう決めたから？」

総統は黙って立ち上がり、こつこつと足音を立てて、男の周囲を歩き始めた。「あなたはまだわたしのやり方に何か不満があるのか？」

「ないと言えば嘘になる」

「そう来なくては面白くない」総統はぽんと手を叩いた。「意見があるなら、言えばいい」

「あなたは強引にやりすぎた。今でも民主連邦はあなたの主張に反対している。そして、第一帝国内でも大部分の国民はあなたを支持していない。あなたは『緋《ひ》の独裁者』と呼ばれ……」

「あなたの言葉遣いは悪くなってきた。自分の立場を弁《わきま》えるべきだ。あなたはわたしに屈服したのだから」総統は不満げに言った。「だが、いいだろう。特別に許そう」

「失礼しました、総統閣下」

「『我が総統閣下』に」

「失礼しました、我が総統閣下！」

「よろしい。ところであなたはわたしが信念を貫くためにはどうすればよかったと思うか？」

「辛抱強く説得すべきでした。もし、あなたの主張が本当に正しければ、いつかは人々に受け入れられたはずです」

「はっ！」総統は肩を竦《すく》めた。「わたしは自分の考えを実行するためにこの地位につかなければならなかった。そして、そのための最短コースを突っ走った。わたしは少しも辛抱強くなかった。それでも、これだけの時間がかかってしまったのだ。わたしにはあとどれだけの時間が残っているだろうか？」

「それは閣下のお考え次第でしょう。もし今の考えを改められたなら……」

「そうそう」総統は話を遮った。「あなたにも自分の運命を決める権利を与えなければ、不公平になる。どちらを選ぶ？　短く華やかな死か、長く辛い生か」総統は男の肩に手を置き、耳元で囁いた。「もちろん、辛抱強くわたしを説得することができたらの話だがね。元大統領閣下」

「チチルのおうちはどこなの？」カリヤは重ねられたぺらぺらのプラスティックの板や、

ぼろぼろになった毛布が散在する広間の真ん中に立っていた。照明が暗くて、周りの様子はよくわからない。エネルギーはふんだんにあるはずだが、照明器具自体が不足しているのだろう。

「ここさ」チチルは答えた。「このブロックが俺の家なんだ」

「でも、チチルのお部屋はどこにあるの？」

「全部が俺の部屋だ」

カリヤは赤黒い光に照らされた広間を見渡す。「広すぎない？」

「一人で住んでたら、広すぎたかもな。でも、二百人じゃそうでもない」

「二百人！」

「たいてい半分は食料を探しに別のブロックに行ってるから、実際にここにいるのは百人ぐらいだけどな」

「えっ？　でも、ここには……」

その時になってカリヤは気がついた。毛布だと思ったのは古衣を纏《まと》った人間たちだったのだ。そして、重ねられたプラスティック板は彼らのベッドであり、物入れであり、テーブルだったのだ。

彼らはみんなカリヤが来たことに気がつきもしないようすで、身動き一つしない。

「みんな眠ってるの？」

チチルは首を振る。「いいや。ただ、絶望しているだけさ」

チチルは汚れたプラスティックがごちゃごちゃと集まった一角にカリヤを連れてきた。

「ここがチチルの場所?」

「ああ。俺の基地だ」チチルはつま先でプラスティックの破片をいくつかひっくり返した。

「何をしてるの?」

「俺がいない間に誰かが悪さしてないか調べてるんだ。……どうやら大丈夫のようだ」

「悪さって、どんな?」

「俺が気づかないと思って、少しずつガラクタを盗んでいくんだ」

「ガラクタを盗んでどうするの?」

「十分の一の量の食べ物と交換できる」チチルはべとべとの服の下を弄《いじ》り、茶色でところどころ青緑になった五センチほどの歪《いびつ》な形の塊を取り出した。「腹減ってるなら、これ食っていいぜ」

カリヤは恐る恐る手に取る。湿っていて、ぬるぬるする。

「これ何?」

「パン」

臭いを嗅ぐとカリヤが知っているパンとはまったく違う臭いがした。しばらく躊躇《ちゅうちょ》した後、思い切って齧《かじ》ってみようと口をあけた時、チチルがカリヤの手を摑んだ。

「ちょっと待て。……妙だ」

「どうしたの？　パンが変なの？」

「いや。これのことじゃない。どうもみんなの様子が……」

カリヤは周囲の様子を伺った。初めは何がおかしいのかわからなかったが、すぐにチチルの疑念の意味がわかった。

二人の周りの人口密度が俄《にわ》かに高くなっているのだ。襤褸《ぼろ》を被った何人かの住人が蹲ったままじわじわと二人の近くに移動してきている。

「気づかない振りをするんだ。それから、逃げる準備だ」

「逃げる準備なんてどうすればいいのか、わからないわ」

「頭の中で逃げ道を考えるんだ。どいつとどいつの間を通って、どのドアから通路に飛び出そうとかさ」

「どのドアから出ればいいの？」

「開いている中で一番近いやつさ」

「開いているドアなんか一つもないわ」

「くそ！　やつら最初からこうするつもりでドアを閉めやがったんだ」

「チチル、わたし怖いわ」

「大丈夫だ。必ず逃がしてやる」

一人を取り囲む者たちはまたじわりと輪を縮めた。

「タイミングを計ってるんだ。あと何秒かで来る。いいか、俺はすぐ右にいるやつに殴りかかる。おまえはその横を走り抜けて、そいつの後ろのドアから外に出ろ」

「鍵がかかってないかしら？」

「かかってたら、別のドアへ向かえ。もし捕まったら、力の限りめちゃくちゃに暴れるんだ。目玉を引っ掻いて、股を蹴り上げろ」

「そんなことをしたら、怪我をするかもしれないわ」

「あいつらは怪我をしてもいいんだよ」

いっせいに襤褸が舞い上がった。

その下からは、痩せて目をぎらぎらとさせた男たちが現れた。中の一人は先ほどカリヤの腕を掴んだ男だった。まだこめかみから血を流し、怒りに燃える目で二人を睨みつけている。

「いくぞ‼」チチルは走り出した。

血を流している男は真っ直ぐチチルに向かった。「チチル、殺してやる‼」

男はチチルの脇腹を全力で蹴った。小さなチチルの体は宙に舞った。

「ざまあ見ろ！」男は涎《よだれ》を垂らしながらさらにチチルに走り寄る。

チチルは転がって男の攻撃を避けようとしたが、男は飛びあがり、チチルの腹に片足で飛び降りた。

「あぐ！」チチルは血反吐《ちへど》を吐く。

男はチチルを踏みつけたまま、拳でチチルの目と鼻を叩き潰そうと、大声を上げながら、殴り続ける。

「やめて‼」カリヤは男の足に体当たりした。

なぜ、逃げないんだ！　チチルはそう叫ぼうとしたが、喉の奥から出るのは血ばかりだった。

「うるせえ！　おまえも殺してやる‼」男はカリヤの胸倉を摑み持ち上げた。

やめてくれ‼　チチルは必死でもがいたが、大の大人の体重はどうしようもない。息ができない。目がよく見えない。

男はカリヤの目に親指と人差し指を当て、力を込めようとした。

「待て」別の背の高い男がその腕を握る。

「なぜだ、ボス？　こいつらは俺に血を流させたんだぜ！」

「黙れ、ゴウマ」ボスは強く男の腕を摑む。指が食い込み、血が流れる。「どうする？

血が流れたぞ。俺を殺すか？」

「うわあ‼」ゴウマはカリヤを床に叩きつける。

「見境のないやつだ。よく考えてみろ。その娘はおまえになんにもしちゃいない。やったのは、チチル一人だ」

「チチル一人を殺すだけでは気が収まらねえ」

「駄目だ。この娘には使い道がある」

「女になるにはまだ何年もかかるぜ」

「おまえの口からそんな言葉が出るとはな、この変態が」ボスは軽蔑の眼差しでゴウマを見た。

ゴウマは目を剝き、ボスに拳を向けた。次の瞬間、二つの拳が別々の方向からゴウマの頸《くび》に勢いよく食い込む。ボスの親衛隊の二人が忍び寄っていたのだ。ゴウマは顔面蒼白になり跪《ひざまず》く。

「こいつは第一帝国の大使の娘だ。うまく使えば、一生楽ができる」

「こいつをかたにするのか?」

「そうだ」

「第一帝国と戦争になるぞ」

「どうせ、すぐ戦争になる。それに戦争になったら、敵国の政治家の娘を人質にした俺たちは英雄だ。どっちにしても、殺してしまっては価値がない」

「殺さなきゃいいわけか」ゴウマは手の甲で涎を拭った。

「けっ。好きにしろ。ただし、今は犯行声明が先だ。その代わり、チチルは殺してもいい」

「へっ。そうこなくっちゃ」ゴウマは足の下にいるチチルを何度も踏みつけた。踏みつけるたびにチチルの体は跳ねあがったが、身じろぎ一つしない。

「なんだ、こりゃ？　こいつ動かねえぜ」

「そんな小さい子を踏みつけっぱなしにしてりゃあ、死ぬのはあたりまえだ」

「くそっ！　俺が見てねえ間に死にやがって‼」ゴウマはチチルの喉を何度も蹴り上げた。

「いつまでも屍《しかばね》に絡むな！」ボスは忌々しげに言った。「ここ一時間が勝負だ。ひとまず、アジトに戻るぞ！」

ボスは手下たちを従え、通路へと出ていった。ゴウマもチチルに唾を吐きかけると、後に続く。

数分後、一人の軍人が広間を訪れた。彼はこのブロックの出身で、チチルが見知らぬ少女と歩いていたという話を聞いて、様子を見に来たのだ。

「チチル、何があったんだ⁉」彼は血の中に突っ伏すチチルを助け起こした。

「カリヤが連れていかれた。ゴウマたちに……。ああ」チチルは力なくうめいた。「宝石が落ちている。カリヤに渡さなきゃ……」

チチルは意識を失った。

「始めろ」総統は俯《うつむ》いたまま言った。

スクリーンには第一帝国の全貌が映し出されている。前方と後方それぞれに噴射口が設置されている。それは不恰好で複雑な形状を持つ巨大な宇宙船だった。前方と後方それぞれに噴射口が設置され、そこから強力なビームが放射され続けている。二本のビームのバランスを僅かに変えるだけで、人間に耐えられないほどに加速することも可能だ。宇宙船のバックは暗黒の宇宙空間。もっとも観測周波数を調節すれば見事な星虹《スターボウ》を見ることもできたのだが、今は絞られている。

総統の周りの夥《おびただ》しい人々はじっと無言でスクリーンを見つめている。やがて、きらきらとした霧のようなものが湧き出し始めた。霧は後から後から噴出し、広がりながら濃度を増し、画面全体に広がり、真っ白になる。人々は思わず、感嘆の声を上げた。

「拡大しろ」総統は人々の反応には関心がない様子で呟くように言った。

画面がゆっくりと拡大される。霧の粒子が次第にはっきりしてくる。形がわかるようになる。霧の微粒子に見えたものは第一帝国を形成するブロックの一つ一つだった。夥しい数のブロックが互いに距離をとり、複雑な軌道をとりながら、離れていく様子が、あたかも霧の拡散のように見えたのだ。各ブロックが移動するために消費するエネルギーは通常、量子ブラックホールから放出されるエネルギーをレーザにして送っていたのだが、今回は各ブロックに反物質貯蔵タンクを設置するというかなりきわどい綱渡りを行って実現していた。

「画面をもとに戻せ」総統はただ事実を確認したかっただけで、景観には関心がないようだった。

霧に包まれた母船は徐々に薄れていった。内部が透けて見え始める。ブロックが減り、すかすかになっているのだ。母船の内部には巨大な光の楕円体が収まっていた。量子ブラックホールの周辺空間に何層にもわたって形成された磁場とプラズマからなるシールドの最外層だ。通常これらの保護膜は宇宙船の内部を構成するブロックの働きによって維持されているため、今までこのように剝き出しにされたことはなかった。

「どうした？　震えているようだが？」総統はすぐ横にいる男に言った。

「すみません、閣下。あまりに恐ろしいもので」

「何が恐ろしいというのか？」

「もしあの膜が破れたらどうなるかと思うと……」

「まだ大部分のブロックがブラックホールから充分な距離をとっていない今、あれが崩壊すれば、解放されたエネルギーによって国民のほとんどは死亡することだろう。もちろん、最初に出発したわれわれにその心配はない。問題なのはむしろその後だ。家を失ったわれわれは民主連邦に頼るしかないわけだ。万が一受け入れてもらったとしても、弁護人なしの裁判にかけられるのが落ちだろう」

「ご冗談でしょう」

「わたしは冗談を好まない」総統は面白くなさそうに言った。「誰かこの意気地《いくじ》なしをこの部屋から摘み出せ。この場に臆病者が立ち会う必要はない」

「お許しください、閣下」男は床の上に跪く。

「閣下、その男は作戦司令部要員です」別の部下が口を挟む。「今ここを離れられては困ります」

「司令部の要員なら、なおのこと」総統は欠伸をした。「いざという時に怖気《おじけ》づかれては困る。我が国民にはこいつの代わりとなる優秀な人材はいくらでもいるはずだ。違うか？」

「御意《ぎょい》」

男は口を封じられ、静かに部屋から連れ出された。

スクリーンの上の霧はいつのまにか晴れ渡り、プラズマ・シールドのみが取り残されている。周囲には全部で二十一の光点が輝いている。

「完全なる制御が行われれば、そして、充分なエネルギーの供給と変換が行われれば、磁場の形成は二十一のブロックで可能だということは以前から知られていた。今までそれが実行されなかったのは、その必要がないと考えられていたからに過ぎない」

「その理論は机上のものでした、閣下」女性士官が言った。

「それはさっきまでの話だ。今は立派に実証されている」

彼女は胸のブローチに触れた。考える時の癖だ。

「あのブロックのうち一つでも制御不能に陥れば、保護膜は一マイクロ秒ももちません」

「なるほどいいことを聞いた」総統はその日最初の笑みを見せた。「では、ブラックホールから離れるのはやめて、もっと近づくことにしよう。万が一、シールドが破れても心配しなくていいように。百万分の一秒では心配する暇はないだろうから」


「誰だ？」ゴウマはドアに取り付けられた覗き窓から胡散臭《うさんくさ》げに外を見た。

「俺だ」軍人は苛立たしげに言った。「顔を見忘れたわけではないだろう」

「けっ。隊長さんかよ。随分、顔を見せなかったのに、どういう風の吹き回しだ？」

「面白い話を持ってきてやったんだよ。中に入れてくれ」

「そいつはどうかな？　今、取り込み中なんでな」

「なんだい？　何か隠してるのか？」

「とにかく、ちょっと待て。ボスに訊いてくる」

ゴウマが引っ込んでから数分後、ドアが開けられた。

「よう、隊長さん。どういう風の吹き回しだ？」ボスが両手を広げて言った。

「今さっき同じことをゴウマに言われたよ」

「誰だってそう言うだろうよ。みんな、おまえが身も心もすっかり軍人になっちまったんじゃねえかって、心配してたところだ」

「なぜ、俺が軍人になっちゃ拙いんだ？」

「なぜって、今の軍隊は腰抜けで、裏切り者の集団だからだ」

「聞き捨てならないな。どういうことだ？」

「今、第一帝国の大使が来てるんだろ」

隊長と呼ばれた軍人は頷く。「一応、極秘事項だが、もう知れわたってるか」

「なぜ、殺さない？」

「さあな。上のやることはよくわからん。おおかた、今帝国と事を構えたくないんだろ」

「ほら、腰抜けじゃねえか」ボスは笑った。

「なるほど。そう言やそうだ」隊長も一緒になって笑う。「で、裏切り者ってのは？」

「大使が来てることを隠してるってことだ。国民に知らせず、第一帝国と勝手に何かの密約を結んどる」

「だが、国民に大使のことを知らせたら、次は交渉内容についても知らせなくちゃならなくなる。そうなりゃ、第一帝国にも知られてしまう。駆け引きの時にこちらの手のうちを見られちゃまずいだろ」

「やっぱり、軍の肩を持つわけだ」ボスは鼻を鳴らした。「俺たちに言わせれば、あいつらとの妥協点なんか一つもない。馬鹿な総統にくっついている情けないやつらだ。四の五の言ってる暇があったら、やつらのブロックの一つも分捕ってくればいい。取り返しに来たら、返り討ちだ」

「双方、被害が出るぞ」

「帝国の被害なんざ知ったこっちゃねえ」ボスは残忍な笑いを見せた。「こっちに被害が出たら、倍にして取り返せばいい。俺の目の黒いうちは第一帝国のやつらに勝手はさせねえぜ」

「まったくあんたは頼もしい」隊長は拳骨《げんこつ》でボスの腹を小突いた。「だが、誤解しないでくれ。軍もあんたと同じ考えなんだ。できれば、すぐに帝国の息の根を止めちまいたい。だが、今のところ手が出せないのは、こちらに何の切り札もないからだ。何か大使の弱みさえ摑めれば、もっと積極的な交渉ができるんだが」

「例えば？」

「ブロックの割譲を要求するんだ。ブラックホールを手懐《てなず》けるのに充分な量の」

「相手が蹴ったら？」

「その時は宣戦布告だ！」

「そうこなくっちゃな」

二人の男は再び笑い合った。

「ところで、おまえ大使の娘のことを知ってるか？」ボスは真顔に戻って言った。

「大使の娘？」隊長はきょとんとした顔をした。「ああ。娘って言っても、まだ物心もつかねえような年頃だぜ」

「今日は見掛けたか？」

「いいや。着いた時の歓迎会以来、見ていない。やつらのブロックに閉じ籠ったまま、出てこないつもりらしい」

「なぜ出てこないんだ？」ボスが問う。

「大使の娘をそこらの餓鬼みたいにふらふら出歩かせるわけにはいかんだろ。下手なやつらに見つかったりしたら、どんな目に遭わされるかわかったもんじゃない」

「もし大使の娘が誘拐されたら、おまえら軍はどうする？」

「形式的には娘の身柄を保護し、帝国側に返そうとするだろうな」

「形式的？」

「あたりまえだろ。大使の娘が手に入ったら、いろいろと使いでがある」

「見つけたらどうする？」

「見つからない振りをする。そして、誘拐したやつらと取り引きだ」

「どんな取り引きをする？」

「まずは、そいつらの身の安全の確保だ。そして、大使との交渉は軍が代わりに行う。どんな有利な条件でも思いのままだ。そして、すべてが終わればそいつらは英雄になる」隊長は肩を竦める。「そんな幸運に恵まれてみたいもんだ」

「実はここに娘がいる」

「まさか！　冗談はよせ」

「本当だ」

隊長は慌ててドアを閉じる。「ここにいるのか？」

「ああ」

「ここは拙い」

「なぜ？　ここは誰にも知られちゃいねえはずだ」

「そう思っているのは、あんたらだけだ。軍の情報部は街の犯罪組織のアジトの場所はすべて摑んでいる。そして、おそらく帝国の特務機関も」

「特務機関？　なんだ、そりゃ？」

「大使だけでのこのこ連邦に乗り込んでくるわけはないだろう。すでに娘の捜索に乗り出している。あいつらを甘くみちゃいけない。まともにぶつかったら、軍でさえ一筋縄にはいかない」

「娘を人質にとるのはどうだ？」

「娘を返そうが、殺そうが、あいつらには関係ない。ここに娘がいると知られた時点で、どちらにしても皆殺しだ。そう条件付けされている」

ボスの顔色が変わる。「どうすればいい？」

「おそらくもうほとんど時間はないだろう。俺がこのまま連れ出して、気づかれないうちに軍の秘密施設に連れていくしかない。娘はどこだ？」

「ゴウマ、娘を連れてこい！」ボスは大声で暗い階下へ呼び掛ける。

しばらくすると、猿轡《さるぐつわ》を嚙まされ、ぐるぐると何重にも縛られた少女を担いだゴウマが階段を上ってきた。

「随分、念が入ってるじゃねえか」

「酷《ひど》く暴れるもんでな。五時間もこうしてりゃ、さすがにぐったりしてきたが」

「じゃあ、連れていくぞ」隊長はカリヤを肩に載せた。

「ちょっと待て」ボスがドアを開けた隊長を呼び止める。「なんだか話が妙だ。特務機関が来てるってのなら、そもそもどうしてこの娘が迷子になっちまったんだ？」

ボスは懐から銃を取り出した。

次の瞬間、ボスの胸が破裂した。隊長の服のポケットが破れ、中から銃口が覗いている。

ボスは何も言わず、絶命した。

「てめえ、仲間を裏切るのか？」ゴウマはベルトに手を伸ばす。

「子供に暴力を振るうようなやつは仲間じゃない」

隊長が言い終わらないうちにゴウマは額を撃ち抜かれ、死んでいた。隊長は階下に向けて、小型ミサイルを数発撃ち込み、ドアの外に逃れ、カリヤと一緒に壁の陰に隠れる。アジトの入り口から激しい振動とともに高温の炎が噴き出す。ブロックの構造材は堅牢で耐熱性に優れているため、ミサイル程度では壊れることはない。しかし、階下にいた者たちは、その堅牢さゆえ、生存不可能な高温と高圧に曝《さら》されることになった。

隊長はカリヤの猿轡を外した。

少女は隊長に抱き付き、わっと泣き出した。

「もう、大丈夫だ。もっとも世界の状況は相変わらず危機的状況だけど」隊長は少女の髪を撫でた。「とにかく、当面は安心していいと思うよ」

「連邦の位置を再確認しろ」総統が命令する。

係官は慌《あわただ》しく、パネルの操作を続ける。

「再確認しました。予定通りの軌道を維持し、あと十時間でわれわれのブラックホールとランデブーします」

「決して目を離すな」総統はさすがに疲れた調子で言った。「最後の瞬間まで、やつらがわれわれを出し抜こうとする可能性は残っている」

一人の若者が総統に近づく。「失礼ですが、そうお考えになる根拠は？　彼らがそれほど狡猾《こうかつ》だとは思われませんが」

「やつらは不本意なのだ。わたしに屈服することは虫酸《むしず》が走ると思っているはずだ」

「しかし、現に連邦の大統領は……」

「元大統領と言え。あいつはわたしと事を構える勇気がなかったのだ。あいつは平和主義者だった。あいつが軍縮を進めてくれたおかげで、彼我《ひが》の軍事力の差は十倍以上になった」

「それなら、心配する必要はないのでは？」

「今我が国を構成するのは巨大な都市宇宙船ではなく、細かなブロックの集団だ。連邦がこのまま戦闘態勢に入れば、帝国側はかなり不利だ」

「しかし、大統……元大統領がそのような手を打つとは思えませんが」

「連邦には多くの反乱分子がいる。自称愛国者だ。元大統領がいつ暗殺されても不思議ではない」

「反乱分子なら、帝国にもいますよ」若者はポケットから銃を取り出した。

「知っている」

若者は引き金を引いた。かちりと音がする。

「くそ！　いつから知っていた⁉」

「最初からだ。ただ、君がそうだということは知らなかった。誰が反逆者かわからなかったので、このブロックに持ち込まれる銃は検査の段階ですべてレプリカに換えておいた。

ただ一丁を除いて」総統は銃口を若者に向けた。

「けっ！　殺すなら殺せ。どうせおまえの野望は頓挫するんだからな」

「総統。いくつかのブロックに不穏な動きがあります」係官が叫ぶ。

総統は若者を一瞥した。若者は不敵な笑みを浮かべた。

「状況を説明しろ」

「最外部にいた軍事ブロックのうち百三十機が本来の位置を離れてブラックホールに向かっています」

「ブラックホールの周囲のブロックだけで応戦できるか?」

「応戦はできます。しかし、磁場を維持している二十一機のブロックのうち一つでも破壊されれば終わりです。いつまで防戦できるかわかりません」

「そうか。では、戦闘を楽しむわけにはいかないな」総統は欠伸を噛み殺した。「反乱ブロックを処置しろ」

「はい」

スクリーンに夥しい光点が現れた。

総統を暗殺しようとした若者は呆然とスクリーンを見つめていた。

「反物質の利点はエネルギー密度が非常に高いということ、それにとても不安定だということだ」総統は再び銃口を若者に向けた。「だから、簡単な信号を送るだけで爆破できる」

「ありがとう。君のおかげだ」大使は隊長の手を握り締めた。

「当然のことをしたまでです」隊長は感情を顔に出さずに言った。「言っておきますが、あなたやあなたのお嬢さんの命が大事だったからやったわけではありません。戦争を避けるためにやったのです」

「交渉の結果は芳《かんば》しいものではなかった。しかし、おそらく即座に停戦が中止されることはない。もし娘に何かあったら、我が国はそれを口実に即刻停戦条約を破棄したことだろう」

「そもそも、なぜ危険を承知で、この国にお嬢さんを連れてきたのですか？」

「知りたいのですか？」

「ええ。わたしはお嬢さんを助け出す時、単独でしかも子連れだったため、同胞である犯人たちを全滅させるしかありませんでした。わたしは自分が同胞殺しをしなくてはならなかった理由を知る権利があります」

「わたしは多数派に所属しているわけではないのです」

「？」隊長は怪訝《けげん》な顔をした。

「平たく言うと、総統の覚えがめでたくないわけです」

「確かに、総統を含めて帝国内では主戦論が優勢だということは知っています。反戦論を唱えるあなたは彼らにとって煙たい存在かもしれない。しかし、なぜそのことがお嬢さんをここに連れてきたことと関係があるのですか？」

「娘を連れ去った輩はこの国の主戦論勢力と組み、わたしとの取り引きを有利に進めようとしたと言いましたね」

「ええ。わたしを仲間だと思った彼らのボスはそう考えていることを白状しました」

「娘を帝国に置いてきた場合、やはり同じことが起きたでしょう」

「まさか！」

「本当です。帝国に残すよりは、わたしの所有するブロックに載せているほうが安全だと判断したのですが……」

隊長は溜め息をついた。この人は常に心休まる時がないのだ。いっそ主戦論者になったほうが楽だろうに。彼は自らと娘の命を危険にさらしても、戦争を避けようとしているのだ。

「大使、まもなく出発です」帝国の兵士が大使に声を掛ける。「発射の前に三十分間だけ、セレモニーがあるそうです」

セレモニーは恙無《つつがな》く執り行われた。セレモニーと言っても、今回の訪問は建前上非公式のものであり、集まる人数は少なく、一般人は皆無だった。大使の役割はただ、娘のカリヤとともに壇上に座り、何人かの要人の挨拶を受け、最後に立ち上がって、返礼の挨拶をするというだけの略式のものだった。

二人が壇から降り立ったところで、事件が起こった。

「カリヤ！」みすぼらしい身なりをした少年が足を引き摺《ず》りながら、人々の間から現れる。

離れて見ていた隊長に緊張が走った。「誰が入れた？」

「さあ。今日は公式行事じゃないので、たいした警備をしてないから、勝手に入ったんじゃないですか？」

「すぐに止めろ‼」

だが、少年はもう大使親子からほんの十メートルの距離にまで近づいていた。

「チチル！」カリヤも叫び、走り出す。

大使は制止しようとしたが、間に合わず、その手は空を摑んだ。

三人の護衛兵士が駆け寄ってくる。

「これをカリヤに渡さなきゃと思って……」チチルは懐に手を突っ込んだ。

稲妻のような速さで、三人の兵士は銃を抜き、チチルに照準を定める。

それを確認した連邦側の兵士たちも、帝国の兵士と大使に向けて一斉に銃を構える。

「駄目だ‼」大使は絶叫する。

帝国の兵士が少年に銃を向けるのは、彼らの任務からして当然の行動だ。少年が何を取り出そうとしているかはわからない。あるいは、武器ではないのかもしれないが、それを確認する余裕はない。このまま、少年が動作を止めなければ、彼らは確実に射殺するだろう。

しかし、理由はどうあれ、連邦内で帝国兵士が連邦の一般市民を殺害して、ただで済むはずはない。連邦側の兵士は大使たちに向けて発砲するだろう。銃撃戦の結末は見えている。多勢に無勢。大使側は全滅だ。そして、その瞬間から、両国間の戦争の火蓋が切って落とされることになる。

兵士たちは大使の声を無視した。緊急時には大使の命令を無視するように条件付けされているのだろう。条件付けゆえ、近視眼的だ。

少年は動きを止めない。まさに手首が服から出ようとしている。

兵士たちは走る体勢から滑るようにしゃがみ、引き金に指を掛ける。

銃声が鳴り響く。

少年の胸に小さな赤い穴が開いた。少年はゆっくりと倒れる。

大使は続く銃の音を予想し、歯を食いしばり、カリヤのもとへと走った。

カリヤは今さっきまで少年の顔があった中空を見つめ続けている。

大使はカリヤを庇《かば》うために抱き締める。

銃声は起こらない。

大使は周囲を見回した。

帝国の兵士の指は引き金に掛かってはいたが、引かれていなかった。

大使はさらに遠くを見渡す。

連邦軍警備隊長の銃が少年に向けられていた。発射の熱でまだ先端が赤く光っている。

両国の兵士たちとも呆然と隊長を見つめている。

動かない人々の中、隊長は真っ直ぐにチチルのもとに歩いていった。そして屈み込み、チチルの懐から何かを取り出した。

それは赤く輝く宝石だった。

少年は隊長の頭に手を回し、自分の顔に引き寄せる。

「カリヤに……」チチルは震える声で言うと、動かなくなった。

隊長は立ち上がると、宝石を翳《かざ》した。「この少年が持っていたのは、大使令嬢への贈り物だったが、わたしは武器を持っている可能性を考慮し、射殺した。わたしはこの件に関し、全ての責任を負う。大使側に落ち度がなかったことは言うまでもない」

隊長は宝石をカリヤに渡すと、そのまま立ち去ろうとした。

「待ってください」大使は呼び掛ける。「われわれはまたあなたに助けられた。あなたはわれわれの兵士が少年を射殺することを予測して、先に撃ったのですね。連邦の兵士が連邦の市民を射殺するのは連邦内の問題で、帝国に波及することはない。あなたの咄嗟《とっさ》の判断で、この場で戦争が始まることが回避された」大使は手を差し出す。

隊長は大使の手を払いのけた。「あなたにどんなに感謝されようとも、この子は帰ってこない。弟のように思っていたのに……。教えてください。この子の犠牲によって、開戦はどれだけ先に延ばすことができたのですか？」

「一ヶ月か、半年か。いずれにしろ、戦争は避けられない。しかし、約束しよう。わたしは開戦を遅らせるために精一杯努力する」

「早くお嬢さんを連れてこの国から出ていってください‼」隊長は震え、その目は吊り上がっていた。「わたしの自制心がなくならないうちに」

カリヤは顔中涙と鼻水でずるずるにして、チチルの頭を抱きかかえていた。「わたし約束するわ。この宝石を持って必ずここに帰ってくる。子供たちが不幸せにならない世界を作るの。わたし何だってするわ。そうよ。チチルのお姉さんを見習わなくっちゃ。人は大事なもののためには、何だってできる。どんな汚いことも。……わたしは心を凍らせるの」

民主連邦が見えてきた。都市宇宙船だった時の第一帝国と双子のような姿をしている。微視的にはごつごつとしたブロックが無造作に組み合わされた無粋な印象を与えるが、巨視的に見れば、砂で作った城のような自然なフォルムが美しいと感じる者もいるかもしれない。

よく見ると、民主連邦の周囲の空間が滲んでいる。第一帝国と同じく、連邦もブロックを本体から拡散しているのだ。やがて、霧の中からブラックホールを内包したプラズマ磁場シールドが現れる。

「連邦側は予定通りの行動をとっています」

全員に緊張が走る。いよいよ後戻りできない段階に進むのだ。帯電しているとはいえ、ブラックホールを制御するのは至難の業であり、とてつもなく危険でもある。それを同時に二個扱おうと言うのだから、正気の沙汰とは思えない。反乱分子の心境がよくわかる。

二つのブラックホールは完全に計算し尽くされた軌道に乗り、夥しいブロックが飛び交う中、ゆっくりと近づいていく。同じ速度で飛行する観測者が遠くから見たら、霧の中を飛ぶ二匹の蛍に見えたかもしれない。

近づくにつれ、互いのフィールドが影響し合い、ぶるぶると脈打ち始める。これは予想されたことだ。しかし、カオティックな現象なので、完全な予測は不可能であり、警戒は必要だ。

二つの量子ブラックホールは共通重心を中心に回転し始める。プラズマは涙滴型に引き伸ばされ、やがて接触する。接触点で乱流が発生し、くるくるとした螺旋の波動がそれぞれの磁場へと送られる。プラズマの脈動が激しくなり、ブラックホール間の距離は突然縮まり始める。回転は凄まじく速くなり、手持ちの観測機器では測定不能になる。

「問題は二つあった」総統はぽつりぽつりと語り始めた。「一つ目はブラックホールを安定させるための質量の不足。そして二つ目は、充分な質量があったとして、それを投入することによって、一時的に莫大なエネルギーが発生することだった」

プラズマが弾け飛ぶ。しかし、二つのブラックホールの姿が直接暴露されることはなかった。磁場の頸木《くびき》を逃れたプラズマの一部は解放されることはなく、重力場に囚われた降着円盤になり、二つのブラックホールを包む。重心が二つあるため、非常に不安定ではあったが、すぐにエネルギーの放出が始まることはない。

「ブラックホールに投入した質量はその周囲に存在する降着円盤に取り込まれる。そして、回転しながらゆっくりとブラックホールに近づく過程で熱せられ、高温になり、電磁波を放射する。さらに中心部付近では帯電した粒子と電磁場の相互作用により、ジェットが放出される。二つとも宇宙船のエネルギー源だが、あまりにも出力が大きい場合、シールドが蒸発し、宇宙船自体が崩壊してしまう」

降着円盤の中心部が白く輝き始める。先ほどまで、それぞれのブラックホールの保護シールドを形成していた四十二機のブロックはそのままでさらに巨大な磁場を形成する。その結果、二つのブラックホールを取り囲む降着円盤は再び隠された。

「わたしは若い頃、二つの問題を解決する方法に気がついた。簡単なことだった。帝国と連邦の技術様式がこれほどまでに似ていることの意味は明らかだった。二つはもともと一つの宇宙船だったのだ。量子ブラックホールのような不安定なものを使ったエンジンを一機しか搭載していないのはとても不自然なことだった。二つあれば、一機が不調になっても放擲《ほうてき》することができる。そして今回のように二つとも不安定になったとしても、解決することができる」

プラズマの形が激しく変動し始める。四十二機のブロックは振りまわされ、いくつかは軌道から離脱を始めた。

「しかし、わたしへの賛同者は少なかった。わたしの理論を机上の空論だと嘲笑《あざわら》う者もいた。また、たとえ理論が正しいとしても、そのために連邦と協力するのはまっぴらだと表立って不快感を表すものもいた。好意的な人々も連邦の協力を得ることは不可能だと言った。彼らのわれわれへの不信感を拭うには何世代も必要だろう、と。しかし、わたしはそんなに待てなかった。その間にも断続的に戦争は起こり、人々は僅かな物資を奪い合い、子供たちは飢えた。ブラックホールはいつ爆発してもおかしくない状態だった。わたしはあらゆる手段を使って、政治家の地位を手に入れた。そして、クーデターを起こし、わたしに反対する勢力を全て一掃した。連邦内の反戦派を密かに支援するとともに、帝国の軍備の増強を図った。圧倒的な軍事力の差があれば、こちらの主張を飲まざるを得ないと考えたからだ。もちろん、その間も国内の反対勢力を監視し、その芽を摘むことは怠らなかった」

プラズマは白熱し、小刻みに震えている。時々、磁場の制御から逃れたプラズマが表面付近で爆発し、高速の雲となって多くのブロックをかすめていく。

「ブラックホールの暴走を食い止めるために必要な大質量を持つのはブラックホール自身だったのだ。ブラックホールは分割できないので、降着円盤にはならない。二つのブラックホールを近づければ、ただ融合するのだ。もちろん、相応のエネルギー放出はあるが、それらは電磁波でも荷電ビームでもなく、重力波の形をとる。巨大な宇宙船は重力波による歪《ゆが》みに耐えられないが、小さなブロックなら、ただ振動するだけで済む。さあ、その時だ。下腹に力を入れろ」

ブラックホールを取り囲むプラズマが突然十分の一の大きさにまで爆縮した。次の瞬間、同心円状に七色に輝くリングが次々とブラックホールを中心として成長していく。

すべてのブロックは激しく振動した。総統のいるブロックも誰も立っていられないほどの状態になった。機器の半分近くは作動不能になり、負傷した者も多数いた。しかし、とにかく振動は収まった。スクリーンに映るブロックのほとんどは崩壊を免れたようだった。

「全ブロックに告ぐ」総統はよろよろと椅子に座りなおした。「急いでブロックを新たな宇宙船に再構成せよ。失われたブロックが収まるべきだった部分の扱いについては総統府の中央コンピュータの判断を仰ぐように」総統は一呼吸置いた後、付け加えた。

「おめでとう。世界は救われた」

総統は両国の国民が見守る中、旧連邦政府の中央機関へと向かっていた。もちろん、すでに旧連邦の組織はすべて帝国に接収されていたため、これは儀式的なことに過ぎない。だから、あえて乗り物を使わずゆっくりと道路の真ん中を歩いていく。道の右側には帝国の、そして左側には旧連邦の国民が並び、旗を振っている。帝国側の人々が一様に明るい表情をしているのに対し、旧連邦側の人々の表情は複雑だった。ひとまず、エネルギー危機からは逃れることはできたが、祖国は消滅し、武装解除された状態で、昨日までの敵と隣同士に住まなければならないのだから、当然かもしれない。

総統の側近たちは民衆に姿を見せることを最後まで反対した。旧連邦の国民は総統を憎むように条件付けされているし、帝国の側にも肉親や仲間の命を奪われたことを恨んでいる者たちがいる。彼らの前に無防備な姿を見せることは正気の沙汰とは思えない。そう言われ、総統はにこりと微笑んだ。「あなたたちはまだわたしが正気だとでも思っていたのか?」

総統が前を通ると、両側の住民たちが緊張するのがはっきりとわかった。

旧連邦側の群衆の中から小さな赤い影が飛び出した。真っ直ぐ、総統へ向かって走っていく。総統の後ろにいた兵士たちがぱっと散開する。手には重火器が握り締められている。

女の悲鳴が上がる。

赤い影は少女だった。手には花束を持ち、頬は真赤だった。にこにこと屈託のない笑みを浮かべている。

帝国の兵士たちは全員、少女の脳と心臓を真っ直ぐに狙っていた。

少女は総統に駆け寄る。

安全装置がはずれる音が響く。

旧連邦側の群衆から何人もの人影が飛び出す。

兵士たちは引き金に指をかける。

総統は二メートル近い距離を跳躍すると同時に少女を抱き上げた。

銃声が鳴る。指に込めた力を咄嗟に抜くことができなかった者たちが床を撃ったのだ。

群集は大騒ぎになる。

「あの時もこうすればよかった」総統は呟く。

「おばさん、これあげる」少女は小さな花束を総統の鼻先に突きつける。

「ありがとう。嬉しいわ」総統は少女を優しく降ろし、花を受け取る。「とても綺麗ね」

「それ、お花？」少女は総統の胸を指差し、首を傾げる。

「いいえ。これは宝石よ。わたしはいつもこの宝石を身に付けていたので、『緋の独裁者』と呼ばれたの」総統は胸からブローチを外すと少女の手に握らせた。「お花のお礼にこれをあげるわ」

「ありがとう。でも……」少女は躊躇する。「これって、おばさんの宝物じゃないの？」

「そうよ。でも、もういいの。これは連邦の女の子のものだったから、連邦で生まれた女の子に返すのよ」

少女の真後ろに顔面蒼白の母親が現れ、引っ手繰《たく》るように少女の手を引っ張った。少女は不機嫌そうに母の手を払い、総統の顔を見上げた。「おばさんは偉い人なの？」

「ううん」総統は少女の髪を撫ぜた。「おばさんは取り返しのつかないことをいっぱいしたの。平気で酷いことができるように心を凍らせたのよ。だから、おばさんは何にも偉くない」総統は俯くととぼとぼと歩き出した。

「おばさん！」少女は不安げに叫んだ。「みんなが言うわ。おばさんは死んじゃうの？」

カリヤ総統は悲しげに微笑んだ。「いいえ。わたしは償うのよ」

籠^{ろう}

城^{じょう}

「あのとき、選択を間違えなくて本当によかったよ」心地好《よ》い温度に調整された室内で、ゆったりとしたソファに沈み込むように座っている男が言った。心底、そう思っているのだ。

話し掛けた相手は画面の中の人物だ。実際には遠く離れた場所にいる。

「決断できたのはほんの一握りの人間だけだったわ」彼女もまた快適そうな部屋にいた。

「それ以外の人間は……」

「恐ろしい事態に陥ったんだろうな。考えたくもないが」男は吐き捨てるように言った。

「全世界の科学者は感染症の恐ろしさをわかっていたはずだったんだ。それなのに、政治家どもは経済を優先して、徹底した隔離措置をとらなかった。その結果がこの様だ」

「だけど、わたしたちは助かった」

「先見の明があったからだ。世界の各地に惑星探査訓練用の閉鎖空間がいくつも建設されて、しかも実験の後、それらが放置されていることに気付いたのは、俺たちのグループだけだったからな。感染の拡大が本格的に進む前に、俺たちはそれらをすべて買い占めた。放置された設備の割に多少値段は張ったが、世界が終われば今まで持っていた財産は無意味になるんだから、全部購入に充《あ》てても後悔はなかったな」

「ここの空気も水も常に清浄で、気温も最適に保たれている。電気は太陽光や風力で賄《まかな》われていて、内部の植物工場で食料は自動的に収穫される。シェルターとしては完璧だわ」

「難点を言えば、物理的な攻撃に対しては、たいして強度がないってことかな」

「核シェルターじゃないからね。でも、ウィルスに対しては万全よ。外の空気は何重もの特殊フィルタで完全にウィルスは除去されている上に念の為に紫外線照射もされているわ。それに、ウィルス以外に恐れるべき者は外にはいない」

「その通りだ。俺たちをあざ笑っていたやつらはもういない」男はほくそ笑んだ。「あいつら、このウィルスはたいしたことがないって言い張ってやがった。何の根拠もない戯言《ざれごと》だ。ほんの僅かでも危険な可能性があるものは危険なんだ。俺たちはあくまでゼロリスクを求めた。それが正しい態度だったのだ」

「わたしたちがここに入ってからもしばらくは、ネットにわたしたちを揶揄《やゆ》するような書き込みが多かったわね」

「ああ。でも、外の様子は日に日に悪化していったんだ。日に何万人も感染者が出て、そのうちあちこちで暴動が起き始めた。最初から集団免疫作戦をとるとか言ってた国は惨憺《さんたん》たる状況だったな。道路に死体が積み上げられ、診てくれる病院を探し求めて、高熱で息も絶え絶えになった患者たちがふらふらと街をさ迷い歩いていた」

「まるでゾンビ映画みたいだったわ」

「ああ。そうだ」男はこめかみを押さえた。

「あれからどうなったんだっけ？」

「あれから？」

「あの後よ。街に患者が溢《あふ》れ出した後」

「あの後なんかないよ。おしまい。世界の終わりだ」

「だけど、わたしたちは生きている。世界は終わっていない」

「それはまあ世界をどう定義するかによるな」男はこめかみを揉《も》み続けた。

「それで、どうなったの？」

「何が？」

「世界のことよ」

「だから、終わったって言ってるだろ」

「そうじゃなくて、世界の最期は見届けたの？　どんな感じだった？」

「世界の最期？」男は首を捻《ひね》った。「さあ、どうだったかな。よく覚えてないな。見なかったのかも」

「どうして見なかったの？」

「特に理由はないな。あんなの見ていても仕方がないからだろ。君だって見なかったんだろ？」

「そうね。見なかったような気がするわ」

「興味があるなら、今からでも世界の様子を見たらどうだい？」

「そうね。……おかしいわ」

「どうしたんだ？」

「外の世界の見方がわからない」

「ふうん。やり方を忘れたってことは、たいして興味がなかったからだろ。俺もまるで興味がなかった。それよりも、俺たちの新たなコミュニティの方が楽しかったから」

「あの頃は楽しかったわよね。毎日、リモート宴会したりして。」

「リモート恋愛したやつらもいたな。リモート結婚式を挙げたりして」

「あなたは独身を貫いたわね」

「ああ。でも、結婚したとしても、リモート結婚生活を送るだけだから、あまり意味はないだろ」

「身体は離れていても、精神的には繋《つな》がれるのかもしれないわ」

「さあどうだろうか？」

「ねえ、一度試してみない?」

「何を?」

「結婚よ」

「やめとくよ」男は即答した。「あまり魅力を感じない。いや。君に、ではなく、リモート結婚生活に、という意味だ」

「……冗談よ。本気にした?」

「まさか」

「あの人たち幸せに暮らしているかしら?」

「誰が?」

「わたしたちのグループのメンバーよ」

「ほう。それって、本気で言ってるのかい? それとも恍《とぼ》けてる?」

「何を言っているのかわからないわ」

「……まあいいだろう。どっちにしても、そろそろ君には言っておかなければならないと思ってたんだ」

「まあ、何かしら?」

「このシェルターでの生活は快適で安全だけれど、僕は一抹の不安を覚えていたんだ」

「何が不安だったの?」

「人間の特性だよ。こんな快適な生活を手に入れたって言うのに、デートや結婚の真似事をしようとするやつらがいた」

「それは別に構わないんじゃない？」

「いや。重要なことだ。あいつらは基本的に人恋しいんだ。一人で暮らすのが寂しくて、パートナーを求めたんだ」

「人間として当然だと思うわ」

「それは新しい生活様式には馴染《なじ》まない感情だ。そんな感情を持っているやつは弱いやつらだ。いつか自分の感情に負けてしまうかもしれない」

「そうかしら？　仮に、そうだとしても、個人の自由だから別に構わないんじゃない？」

「個人の自由？　いや。人間関係は必ず相手が存在するんだよ。俺たちは今や世界に分散して存在している。その中の一人がふと俺に会いたいなどと考えてここに押しかけてくるかもしれない」

「それがそんなにまずいことかしら？」

「まずいに決まっているだろ。俺は自分の命を守るために、長年、ここに籠《こ》もっていたんだ。それが一回の接触でパーになるかもしれない」

「その相手だって、籠《こも》っていた訳でしょ？」

「ここに来るということは、シェルターの外に出ている訳だ。外で感染しているかもしれないじゃないか」

「だったら、シェルターに入れなければいいだけの話でしょ？」

「さっきも言ったようにこのシェルターは物理的にはとても弱いんだ。そいつが本気で入ろうとしたら、止めることは不可能だ」

「じもね」女は溜《た》め息を吐いた。「そんなことは今まで一度も起きてないでしょ？」

「今まで起きてないからと言って、今後も絶対に起きないとは言い切れない」

しばし、ばつの悪い沈黙が流れた。

「そんなことを心配しても、どうしようもないわ」

「いや。どうしようもなくはない。と言うか、実はもうほぼ解決しつつあるんだよ」

「あなたが解決方法を見付けたってこと？」

「そういうことだ。そして、それはすでに実行中だ」

「どういうこと？」

「今、ウィルスをここに運んでくる者がいるとしたら、シェルターに籠城《ろうじょう》することを決心した者たちだけだ。つまり、俺以外のメンバーがいなくなれば、俺は心の平安を得られることになる」

「……冗談で言ってるの？」

「俺は冗談は嫌いなんだ。みんなを殺せば安心だ」

「冗談に決まっているわ。あなたはシェルターから一歩も出ることができない。どうやって、みんなを殺せると言うの？」

「シェルターは完全に隔離されている。だけど、自由に出入りできるものがある」

「……通信ね」

「そう。通信機能があればデータを送ることができる」

「データで人を殺せると言うの？」

「ウィルスは生物に取り憑《つ》くものだけじゃない。コンピュータウィルスのことを覚えているだろ？」

「ええ。世界がこうなる前はウィルスに対応するため、数日おきにセキュリティソフトが更新されていたわ」

「だが、今、セキュリティソフトは更新されていない。更新する人材がいないから」

「でも、コンピュータウィルスを作る人間もいない」

「いるよ。知ってたかい？　セキュリティソフトを作るのは結構難しいが、コンピュータウィルスを作るのは素人でもちょっと勉強すればできるんだよ」

「コンピュータウィルスで人を殺せるというの？」

「直接は無理だ。だが、考えてみたまえ、このウィルスは人間以外の哺乳類にも感染するんだ。人間がいなくなったとしても、世界にウィルスは蔓延《まんえん》しているに違いない」

「ええ。だからこそ、わたしたちは何重ものフィルタで……。まさか……」

「そうだ。俺は周到にコンピュータウィルスを設計して、ここ以外のシェルターの管理用コンピュータに忍ばせて置いたのだ。コンピュータウィルスはフィルタの機能と紫外線殺菌の機能を無効化した。これで俺以外のメンバーは全て感染することになる」

「そんな……みんなに知らせないと……」女はがちゃがちゃとキーを打った。「おかしいわ。誰も出ない」

「君は気付いてなかったのかい？　少しずつ連絡がとれるメンバーが減っていったことに」

「連絡してこないのは、ただ気が向かないだけかと思っていた……」

「ここまで来るのに何年も掛かった。君が最後の一人だ」

「まさか、わたしのシェルターにも⁉」

「俺が生き延びるためには仕方がなかったんだ。諦めてくれ。俺はほんの僅かなリスクも我慢ができないんだ。ゼロリスクにしなくてはならないんだ」

「フィルタを正常に動作させないと……」女は端末の操作を始めた。「どうしたのかしら？　操作の仕方がわからないわ！」

「自分では気付いていなかったようだが、君はしばらく前からコンピュータの操作ができなくなりつつあったんだよ。どうやら、認知能力が低下しているようだな」

「そんな馬鹿な……なんだか胸が苦しい。……助けて！」女は床に倒れ込み、画面から消えた。

「さようなら」男は高笑いを始めた。

「女性の方はどうしますか？」監視員はモニターを見ながら、上司に尋ねた。

「誰かをシェルター内に入れて、カメラに映らないように、運び出して入院させろ」上司は無表情のまま答えた。「たぶん、心筋梗塞か何かだろう。高齢者で、ずっと健康診断を受けていないんだから不思議じゃない」

「ついに最後の一人になりましたね」監視員はモニターを見ながら言った。

「他のゼロリスクを目指して自らシェルターに閉じ籠った人たちはみんな老衰で倒れてしまったからな。あいつは自ら作り出したコンピュータウィルスのせいだと思っているようだが、そんなものは現代のコンピュータネットワークが簡単に排除してしまう」

「わたしが生まれる前のことで、よく知らないんですが、結局パンデミックはすぐに収まったんですよね？」

「人口の数パーセントが感染した時点で、自然と収束してしまったんだ。理由はよくわからない。人体には元々未知の病原体にも対応できる免疫があったというファクターX説が有力だけどね。ああいうゼロリスクを求め続ける人たちは、新しいこと全てに反対するもんだから、社会は手を焼いていたんだ。あのパンデミックで自ら閉じ籠ってくれたから、これ幸いにと、彼らの望む世界の幻想を見せ続けて、隔離していたと言う訳だ」上司は苦虫を噛み潰したような顔になった。「まあ、酷《ひど》い話だ。これが誰かがやらなければならない仕事とはわかってはいるが、ときどき心底嫌になる」

「そうでしょうか？」監視員は首を捻った。

「これが酷い仕打ちではないと？」

「だって、あのお爺さん、とても幸せそうですよ」監視員はげらげらと高笑いを続ける老人を指差した。

解説

田中《たなか》啓文《ひろふみ》

あー、俺は小林さんについてなにか文章を書かなくてはいけないのか。これはきつい。かなりきついです。

先日落語家の月亭文都《つきていぶんと》さんのイベントの打ち合わせに行った。参加メンバーは我孫子武丸《あびこたけまる》、北野勇作《きたのゆうさく》、田中哲弥《たなかてつや》、私、牧野修《まきのおさむ》だった。久々のメンバーでの打ち合わせというかその飲み会は楽しくて、ゲラゲラ笑いながら時を過ごしていたのだが、ふと、

(あれ……)

と思う瞬間があった。

(このあたりで小林さんの「でも、ウルトラマンはね……」とか「仮面ライダーだったらね……」というツッコミが入るはずでは……)

と思ったのだ、そして、

(あ、そうか……小林さんはもういないのだ……)

という事実に気づかされるのだ。

小林さんはもういない。

子どもじゃないんだから、いいかげんそのことと向き合えよ、と言われるかもしれないが、これがなかなか向き合えないのだ。だから、中断された某連作の続きを書かないか、という話も、短編集の解説を書かないか、という話も断ってしまった。SFマガジンの座談会は引き受けたけど、あれは正直、まだ、亡くなって間がないときで、熱に浮かされたような状態だったからできたのだ。ついでに言うと他社の出版物ではあるが、SFマガジンの二〇二一年四月号の「小林泰三特集」は当時編集長だった塩澤快浩《しおざわよしひろ》さんの尽力によって作ることができた、今のところおよそ小林泰三に関する最高の「特集」だと思うので、ぜひご一読いただきたい。あと、これも他社だが、角川ホラー文庫から近年復刊された短編集『肉食屋敷』の私が書いた解説「小林泰三はぐふふ……と笑う」も併読していただければだいたい小林さんのひととなりはわかっていただけるのではないかと思う。

小林さんとはじめて会ったのはいつだったか、あんまり覚えていないが、たぶん京都SFフェスティバルの合宿（旅館の畳敷きの部屋で行なわれるダラダラした飲み会）でぐずぐずしゃべっていたときだったのではないかな……。一瞬で気が合って、ひたすらアホな話をしていたような気がする。SFマガジンの座談会で北野勇作さんが「頭のええおもろいアホ」という、小林さんを完全に言い当てたフレーズを発していたが、まったくそのとおりで、とんでもない文系・理系の知識を持ちながら、森羅万象《しんらばんしょう》を茶化してしまうアホであり、いちびりだった。しかも、我々はそういうことをゲラゲラ笑いながら言うのだが、あのひとは二重まぶたでこっちをまっすぐに見つめつつ、ぐふぐふ……と含み笑いしながら、

「それでね、ウルトラマンはね……」

と言うのである。今にして思えば、小林さんはずーっと二足のわらじだったわけだが、我々のまえでは「小説家」というスタンスを崩さず、一度も「兼業作家」という姿勢を見せなかったと思うし、我々もそれを当たり前のように思っていた。

私は当時立ち上げた「ハナシをノベル‼」という「小説家が新作落語を書き、プロの噺《はなし》家《か》（月亭文都さん）が高座で演じる」という二カ月に一回の会に引っ張り込んだ。ギャラが出るわけでもなく、プロの噺家が自分たちが書いたネタを高座で演じてくれる喜び……というのが唯一の代償という会だが、小林さんは喜んでネタを書いてくれた。しかも、自分の作品が高座にかからない回でも、小林さんは聴きに来てくれ、打ち上げに参加してぐふぐふ笑いながらウルトラマンの話を延々してたなあ……。

亡くなったとき奥さんが、ひと付き合いの悪いひとでしたが、「ハナシをノベル‼」の打ち上げだけは毎回、じゃあ行ってくる、と言ってうれしそうに出かけていきました、と言っておられたのが印象に残っている。

小林さんの発言でいつも思い出すのは、「子どもだまし」という言葉である。我々が、「○○のシナリオでこんな展開がある。めちゃくちゃやんなあ」などと言うと、小林さんは例の「ぐふぐふ笑い」を浮かべながら、「そんなん当たり前ですよ、だってあんなものは『子どもだまし』なんやから」と言うのである。普通、自分が幼少期に好きだったテレビ番組について、「子どもだまし」と言われたら、

「いや、作っているひとたちは決して子どもだましなんて思っていなかった。真剣に、子どもたちに最高のものを届けたいと思っていたのだ。その証拠に……」

と憤《いきどお》るのではないか。しかし、小林さんはすべてを「子どもだまし」と斬って捨てるのだ。初代ゴジラなどもそうである。だからこそ、ずーっとずーっとずーーーっと「ウルトラマン」も「仮面ライダー」も見続けていられたのだろう。そうなのだ。我々はたしかに「ウルトラマン」は好きですよ。でも、「ウルトラマンA」ぐらいで脱落している。でも、あのひとはその後もタロウ、レオ、80、G（グレート）、パワード、ティガ、ゼアス、ダイナ、ガイア……と延々見続けていたのだ。ハヤカワからウルトラマンをテーマにしたアンソロジーの話があり（『多々良島《たたらじま》ふたたび』）、みんなが初代ウルトラマンの世界観で書いたのだが、小林さんだけはウルトラマンギンガをテーマに書いたのである。本書の担当編集者である東京創元社の古市《ふるいち》さんはまだ入社して間もないころ小林さんの担当に

なり、「ウルトラマンネクサス」の話を二時間聞かされたそうである。もー、なにをしとんのや、あんたは。

とにかく「あんなものは子どもだましではない！」と言うひとたちが脱落していくなか、延々と何十年も「子供だまし」を見続けていた小林泰三はすごいとしか言いようがない。この「すごい」というのは「アホ」と言い換えても可である。

もうひとつ、小林さんが飲み会でずっと言ってた言葉に「仕事でやってるだけなのにね」というのがあるが、これは説明しはじめると誤解を生みそうなのでやめときます。

そろそろ本作収録の作品について触れねばならない。このアンソロジーは小林さんの短篇を再編集したもので、先般発売された『時空争奪』がSF篇であり、本作がミステリ篇なのだそうだが、『時空争奪』のときに解説を頼まれたのに、まだちょっときつくて断ってしまった。そのときに（異例のこととは思うが）解説を担当したのが、さっき書いた古市さんなのだ。

ホラー大賞を受賞してデビューした小林さんはSFも書くようになったが、はじめて長編ミステリを手掛けたのは『密室・殺人』である。これを読んだとき、我々は驚いた。およそまともではない。小林さん流の「本格ミステリ」になってしまっている。「なに考えとんねん」と皆で言い合った記憶がある。でも、小林さんは単に「ミステリを頼まれたからミステリを書いたんですよ。ぐふふふ……」と笑っていたはずである。小林さんはとにかく読者を驚かせるのが好きで、どこかにかならず「びっくり！」を入れる。たいがいはオチというかどんでん返しの形になるのだが、すべてがラストでひっくり返され、うぎゃー、とのけぞるのを「ぐふぐふぐふ……」と笑っているのだ。小林さんはそのあと『大きな森の小さな密室』で突然（？）大ブレイクし（単行本を改題して文庫化した途端、ものすごく評判になった）、『アリス殺し』でもうひとつ高みにブレイクした。『アリス殺し』のときも、「編集者がアリスを書いてくれって言ってきたからアリスが出てくるミステリを書いたんですよ。ぐふふふ……」と言っていたが、どの版元からの依頼も基本的に編集者の提案に基づいて執筆しているという。つまり、小林さんは「仕事としてやってるだけ」であって、言われるがまま、自分のスタイルを崩さずに書いただけなのだ。それであれだけヒットしたのだから、本当にすごいことである。どうすれば売れるか……などと日々頭を悩ませている我々にはできないことだ。

本書に収録されている作品に触れる枚数がなくなってしまったが、「ミステリ篇」とはいうもののどれもホラー味が強く、さっきも書いたどんでん返しなどがミステリっぽさを保っている。ホラー味というかグロである。一作目「獣の記憶」、二作目「攫《さら》われて」あたりはめちゃくちゃグロいが、ラストのどんでん返しに驚いて、グロさを忘れるような仕掛けになっている。これらの作品を私はゲラゲラ笑いながら読んでいたし、小林泰三をよく知るものとしては、小林さんはゲラゲラ笑いながら書いていたことは間違いない。「五人目の告白」は芥川龍之介《あくたがわりゅうのすけ》の「藪の中」の香りのする傑作だが、本書でいちばん凄いと思うのは「双生児」で、これは後世に残る作品だと思う。「独裁者の掟」は完全なSFだが、ちゃんとサプライズがある。どれも小林さん好みの展開である。ラストに収録のショートショート「籠城」は小林さんの遺作だそうであるが、いつも通り気負ったところのない飄々《ひょうひょう》とした作品である。

力作ばかりなので、今これらの作品に再度日が当たり新しい読者を獲得するのは喜ばしいことである。小林泰三という小説家がいて、こんなわけのわからん、めちゃくちゃな、断然面白い作品を大量に書いていた、それも、会社員をやりながら……という事実は、なにかをしたいなあ、でも時間がないなあ、と思っている多くのひとたちを勇気づけはしないだろうか。

というわけで、冒頭に書いた小林さんと因縁浅《いんねん》からぬ月亭文都さんが、「小林泰三トリビュート落語会」を計画していることをお知らせして、この稿を終わることにしよう。小林さんが書いた新作落語のほか、小林さんのあの短篇をあのひとが落語化……みたいな驚きもあるかもしれませんよ。まあ、こういう一連のことを小林さんはあの世でぐふぐふ……と笑いながら、

「子どもだましやなあ」

と思って見下ろしているのかもね。

初出一覧

獣の記憶　講談社〈メフィスト〉一九九八年五月号（『肉食屋敷』角川ホラー文庫）

攫われて　角川スニーカー文庫『ミステリ・アンソロジーII 殺人鬼の放課後』

双生児　二〇〇二年二月（『臓物大展覧会』角川ホラー文庫）
東京創元社〈ミステリーズ！ vol.35〉二〇〇九年六月号（『完全・犯罪』創元推理文庫）

五人目の告白　角川書店〈野性時代〉一九九五年七月号（『家に棲むもの』角川ホラー文庫）

独裁者の掟　徳間デュアル文庫『NOVEL21 少女の空間』二〇〇一年二月（『海を見る人』ハヤカワ文庫JA）

籠　城　光文社〈web光文社文庫 Yomeba！〉二〇二〇年七月

著者紹介　1995年「玩具修理者」で第2回日本ホラー小説大賞短編賞を受賞してデビュー。ホラー、SF、ミステリなど、幅広いジャンルで活躍。著書に『海を見る人』『大きな森の小さな密室』『アリス殺し』などがある。2020年没。

検印
廃止

五人目の告白
小林泰三ミステリ傑作選

2024年7月19日　初版

著者　小《こ》林《ばやし》泰《やす》三《み》

発行所　(株)東京創元社
代表者　渋谷健太郎

162-0814／東京都新宿区新小川町1-5
電話　03・3268・8231-営業部
03・3268・8204-編集部
URL　http://www.tsogen.co.jp
暁印刷・本間製本

乱丁・落丁本は、ご面倒ですが小社までご送付ください。送料小社負担にてお取替えいたします。

©小林眞弓　2024　Printed in Japan

ISBN978-4-488-42017-8　C0193

第27回鮎川哲也賞受賞作

Murders At The House Of Death◆Masahiro Imamura

屍人荘の殺人

今村昌弘

創元推理文庫

◆

神紅大学ミステリ愛好会の葉村譲と会長の明智恭介は、
曰《いわ》くつきの映画研究部の夏合宿に参加するため、
同じ大学の探偵少女、剣崎比留子と共に紫湛荘を訪ねた。
初日の夜、彼らは想像だにしなかった事態に見舞われ、
一同は紫湛荘に立て籠もりを余儀なくされる。
緊張と混乱の夜が明け、全員死ぬか生きるかの
極限状況下で起きる密室殺人。
しかしそれは連続殺人の幕開けに過ぎなかった――。

＊第1位『このミステリーがすごい！ 2018年版』国内編
＊第1位〈週刊文春〉2017年ミステリーベスト10／国内部門
＊第1位『2018本格ミステリ・ベスト10』国内篇
＊第18回 本格ミステリ大賞〔小説部門〕受賞作

黒い笑いを構築するミステリ短編集

MURDER IN PLEISTOCENE AND OTHER STORIES

大きな森の小さな密室

小林泰三

創元推理文庫

◆

会社の書類を届けにきただけなのに……。森の奥深くの別荘で幸子が巻き込まれたのは密室殺人だった。閉ざされた扉の奥で無惨に殺された別荘の主人、それぞれ被害者とトラブルを抱えた、一癖も二癖もある六人の客……。

表題作をはじめ、超個性派の安楽椅子探偵がアリバイ崩しに挑む「自らの伝言」、死亡推定時期は百五十万年前！

抱腹絶倒の「更新世の殺人」など全七編を収録。

ミステリでお馴染みの「お題」を一筋縄ではいかない探偵たちが解く短編集。

収録作品＝大きな森の小さな密室，氷橋，自らの伝言，
更新世の殺人，正直者の逆説，遺体の代弁者，
路上に放置されたパン屑の研究

不思議の国の住人たちが、殺されていく。

THE MURDER OF ALICE◆Yasumi Kobayashi

アリス殺し

小林泰三

創元推理文庫

◆

最近、不思議の国に迷い込んだ
アリスの夢ばかり見る栗栖川亜理。
ハンプティ・ダンプティが墜落死する夢を見たある日、
亜理の通う大学では玉子という綽名 の研究員が
屋上から転落して死亡していた——
その後も夢と現実は互いを映し合うように、
怪死事件が相次ぐ。
そして事件を捜査する三月兎と帽子屋は、
最重要容疑者にアリスを名指し……
彼女を救うには真犯人を見つけるしかない。
邪悪なメルヘンが彩る驚愕のトリック！

おとぎの国の邪悪な殺人計画

THE MURDER OF CLARA◆Yasumi Kobayashi

クララ殺し

小林泰三

創元推理文庫

◆

ここ最近、アリスという少女が暮らす
不思議の国の夢ばかり見ている大学院生・井森建。
だが、ある日見た夢では、いつもとは違って
クララと名乗る車椅子の少女と出会う。
そして翌朝、大学に向かった井森は、
校門の前で、夢の中で出会ったクララと
同じ姿をした、露天くららに呼び止められる。
彼女は何者かから命を脅かされていると訴え、
井森に助力を求めた。
現実のくららと夢の中のクララ——
非力な井森はふたりを守ることができるのか？
『アリス殺し』まさかの続編登場！

『オズの魔法使い』×密室殺人!

THE MURDER OF DOROTHY◆Yasumi Kobayashi

ドロシイ殺し

小林泰三

創元推理文庫

◆

ビルという名の間抜けな蜥蜴となって
不思議の国で暮らす夢を続けて見ている
大学院生の井森は、その晩、砂漠を彷徨う夢の中にいた。
干からびる寸前のところを少女ドロシイに救われ、
エメラルドの都にある宮殿へと連れて行かれたものの、
オズの国の支配者であるオズマ女王の誕生パーティで
発生した密室殺人に、ビルは巻き込まれてしまう。

完璧な女王オズマが統べる「理想の国」オズでは
決して犯罪は起きないはずだが……?
『アリス殺し』『クララ殺し』に続くシリーズ第三弾!

殺人鬼ピーター・パン登場！

THE MURDER OF TINKER BELL◆Yasumi Kobayashi

ティンカー・ベル殺し

小林泰三

創元推理文庫

◆

夢の中では間抜けな“蜥蜴《とかげ》のビル”になってしまう
大学院生・井森建《いもりけん》。
彼はある日夢の中で、
少年ピーター・パンと少女ウェンディ、
妖精ティンカー・ベルらに拾われ、
ネヴァーランドに向かう。
しかしそこは大人と子供が互いにひたすら殺し合う
修羅の国だった。
そのうえ“迷子たち”を統率するピーターは、
根っからの殺人鬼で……。
『アリス殺し』から続く恐怖×驚愕のシリーズ第四弾！

東京創元社が贈る総合文芸誌！

紙魚の手帖

SHIMINO TECHO

国内外のミステリ、SF、ファンタジイ、ホラー、一般文芸と、
オールジャンルの注目作を随時掲載！
その他、書評やコラムなど充実した内容でお届けいたします。
詳細は東京創元社ホームページ
（http://www.tsogen.co.jp/）をご覧ください。

隔月刊／偶数月12日頃刊行

A5判並製（書籍扱い）